马牧池往事

高军　梁少华 编著

团结出版社

图书在版编目（CIP）数据

马牧池往事 / 高军，梁少华编著. -- 北京 ： 团结
出版社，2023.12
　　（且持梦笔书其景 / 林目清主编）
　　ISBN 978-7-5234-0762-2

　　Ⅰ．①马… Ⅱ．①高… ②梁… Ⅲ．①散文集－中国
－当代 Ⅳ．①I267

中国国家版本馆CIP数据核字（2024）第002804号

出 版	团结出版社
	（北京市东城区东皇城根南街84号　邮编：100006）
电 话	（010）65228880　65244790
网 址	http://www.tjpress.com
E-mail	65244790@163.com
经 销	全国新华书店
印 刷	成都市兴雅致印务有限责任公司
开 本	145mm×210mm　　1/32
印 张	68
字 数	1700千字
版 次	2024年4月第1版
印 次	2024年4月第1次印刷
书 号	978-7-5234-0762-2
定 价	398.00元（全9册）

CONTENTS

目录

第一辑　考证资料

第二辑　红色战歌

第三辑　地名故事

第四辑　民间传说

第五辑　小说叙事

第一辑

双泉西山化石

高 军

双泉西山，又名棋盘山，位于马牧池乡双泉峪子村西、杏墩子村东南，南与其他山脉相连，南北走向，海拔约百余米。双泉西山上有一处长约200米，宽约5米的古生代基岩裂隙洞穴，有关部门在这个洞穴的堆积内发掘出了一些鸟类化石和其他伴生的古生物化石，如鼠、兔、鹿、蛇、螺及食肉类动物熊共数十种。其中鸟类和蛇类化石相当丰富，保存较完整。双泉西山化石的发现，引起了国外内有关专家和学者的关注。

新中国成立后，我国开始进行大规模地质矿产普查工作。1957年山东省办事处沂沭地质队成立，这是一支起源于沂河岸边的地质队伍。后改为地质部山东省809地质队，即今山东省第七地质矿产勘查院。809地质队先后在双泉西山发现了一些鼠类化石，并于1971年10月和1972年12月分两次将其寄给了中国科学院古脊椎动物与古人类研究所（中科院古脊椎所）。

由于那是一个特殊时期，学术研究很难开展，这些化石就被搁置在所内一直沉睡着。时间到了1984年，当时所里的副研究员、后来的著名古生物学家李传夔将这两批仓鼠化石交给了年轻学者郑绍华去处理。

这些标本虽然数量不多，却是一种该属迄今所发现的最完整的材料，包括了相当完整的头骨及下颌骨。郑绍华对此进行了深度研究，破译了双泉西山红棕色角砾岩层中的鼠类头骨和下颌蕴含的古生物学信息，在1984年10月出版的第22卷第4期《古脊椎动物学报》251—260页上发表了论文《科氏仓鼠（Kowalskia）——新种》，他详细比较了这些较完整和残缺化石与世界上已经发现的同类化石的异同，其中相当完整的那个成年个体头骨，脑颅部受挤压，颧弓及枕区略破损，门齿尖断失，臼齿部分残缺。作者觉得此种出现了一些新的进步特征，如宽的前嵴，微弱的前横刺等，几乎排除了和欧洲前期种的相似性；和欧洲晚期种有些相似性，但很多地方又构成了两个相距遥远的种的重要区别，由此断定这是一个新种，命名为"沂南科氏仓鼠（Kowalskia yinanensis sp.nov）"。沂南科氏仓鼠的发现，能为研究上新世古地理、古环境及古生物的食性、生态提供珍贵的资料。

在郑绍华这一研究的基础上，1986年4至10月中国科学院古脊椎动物与古人类研究所的尤玉柱、侯连海来双泉西山做了初步发掘工作。1987年10至11月间李亦征随同尤玉柱、金昌柱等在同一地点又进行了系统的野外发掘，并在第二年10至11月间再次进行了此项工作。

中国科学院古脊椎动物与古人类研究所前身是成立于1929年4月的农矿部地质调查所新生代研究室，1960年改称中国科学院古脊椎动物与古人类研究所。他们在临沂地区文管会和沂南县文化局的支持下，对双泉西山洞穴堆积进行了几次科学发掘，发现洞穴围岩由奥陶纪的白云质灰岩构成，堆积物基本为一套混杂堆积，以浅棕红色含灰岩角砾的黏土岩为主，其中充填有丰富的碳酸钙结晶，胶结坚硬，堆积厚度约为4.2米。他们发现了较为丰富的化石，有鸟类、爬行类、食肉目、啮齿目、翼手目等，大多保存完好。

李功卓对属于同一成年个体的头骨连有一对下颌、头骨受侧压变扁、骨片多错位叠复、左侧枕区和耳区及颧弓部分缺损的熊化石标本进行了修复。

中科院古脊椎动物与古人类研究所李亦征在1989年完成了《山东临沂晚新生代洞穴堆积中的哺乳动物化石》（中国科学院国家科学图书馆，出版时间1989年，资源类型属于当代学位论文），在此文中他认为，洞穴裂隙堆积是我国晚新生代常见的一种堆积类型。北方的这种裂隙堆积地点很少，主要是以周口店地区代表的中更新世裂隙堆积。华南的洞穴裂隙堆积分布较为广泛，但时代最早也不超过早更新世。在我国，以前一直没有找到含晚上新世以前的堆积的洞穴裂隙。山东临沂晚新生代棋盘山洞穴堆积是山东809地质队在进行矿产资源调查时发现的。他介绍说，到目前为止发现的主要化石门类有翼手目、啮齿目和食肉目。李亦征根据对后两类进行的初步研究，进一步确认了在棋盘山洞穴堆积中晚上新世地层的存在。后他又在1993年1月第31卷第1期《古脊椎动物学报》第44-60页发表了《记山东沂南上新世熊属一新种》。作者曾亲临双泉西山洞穴参与考察和挖掘，这篇文章是在作者硕士论文的基础上充实改写而成。文中介绍，这一化石属于中上新纪，此种保持了一些原始性状，这种熊具有个体较小，头骨吻部短小，鼓室扁平，下颌无前咬肌窝，犬齿侧扁，前臼齿数目全，下齿有两条齿脊，下裂齿的下后尖之前尚未出现附尖等原始性特征，但它自身已经具有更显进步的进步性特征，裂齿裂叶构造退化，臼齿有退化，上下臼齿的齿带退化，下前尖已收缩成低锥状，下齿尖已移向牙齿外缘，冠面上有较发育的皱褶，显得更趋进步，所以将其定义为一个熊属新种（Ursus yinanensis）。这是在我国首次发现的中上新世 Ursus 的可靠记录，对于探讨欧亚大陆上真正熊类的演化及地理分布等问题具有重要意义。

郑绍华论文《科氏仓鼠（Kowalskia）——新种》，李亦征论文《记山东沂南上新世熊属一新种》《山东临沂晚新生代洞穴堆积中的哺乳动物化石》，只是他们大量学术成果中关于沂南县马牧池双泉西山化石的3篇，但对于地方来说，确是有重要的意义。

在对双泉西山考察中，中国科学院古脊椎动物与古人类研究所还获得了至少3具较完整的鸟类化石；更为有趣的是，在修整过的三个基本完好的化石鸟中，发现1只鸟的腹内有1个鼠类头骨，另1只的腹内有"胃石"。

关于这些鸟类的研究，囿于资料缺乏原因，我尚未见到具体的研究成果。但是，笔者也发现过"沂南山东雉"（拉丁学名 shandongornis yinansis）的有关信息，介绍说沂南山东雉时代为上新世（距今约300万年前），是出土于山东沂南县马牧池想双泉西山杏墩村洞穴的鸟类化石标本，尺寸19厘米×18厘米×3厘米，属于不完整个体，缺失头骨、前肢、后肢、脊柱和腰带。这至少也说明，对这里出土的鸟类化石是有研究和命名的。

（2023年3月29日）

马牧池乡庙宇遗址浅述

高 军

马牧池乡过去有多处庙宇，这里做一简单梳理。

和尚峪唐代寺庙

在东辛庄东南、和尚帽子主峰东北有个自然村和尚峪，20世纪80年代村中尚存有块残碑记载，唐代这个山峪中就曾有一寺庙。又传说北宋末年就有人在此居住，后逐渐形成一个100余人的自然村，寺庙名称、规模均无考。

马牧池南村青龙寺

青龙寺位于马牧池南村南部，平时人简称南庙，现存遗址尚有房屋3间，就是过去的玉皇殿。

在走访中有人说青龙寺原来在东南官庄家北的北山上，这儿地场属于马牧池南村。原来建有庙宇，后来搬下来才有了现在的青龙寺。

在几十年的时间里，为了解青龙寺的具体情况，笔者曾采访过多人，大约10多年前，笔者在西南官庄村与横河村李长振、西南官庄村耿伦敦、张贵堂等人进行过详谈，让他们回忆自己见过和听过去老人说的寺庙的布局情况，根据他们的介绍，结合其他的采访，笔者还当场画出了平面示意图。

青龙寺原有围墙大院，门口开在东南。在毁坏前有4个大殿，每个大殿都有前出厦，剪得很有特色。进门后正对着的是3间，偏北靠近后院墙，但玉皇殿后面有较为宽阔的空地，房屋后墙并不与后院墙相连接。这里主神位置供奉着玉皇大帝，旁边有风伯雨师等。玉皇殿偏西北接近后院墙，有两间送生娘娘殿。送生娘娘是中国民间神话人物，名衔是"随胎送生变化元君"，属于道教神仙，掌管生育和女生产的神仙。据说送生娘娘有两面，前面是善脸、慈眉善目；背面是恶脸，凶恶骇人。据说这位娘娘把小孩送生到人世时，唯恐孩子留恋不舍，所以在送生时，先是善面，然后又回过头来露出恶脸，孩子一害怕就降生了。农历四月初五是送生娘娘圣诞，农历四月十七送子娘娘圣诞。送生娘娘殿中，一般还应有送子娘娘、斑疹娘娘、眼光娘娘等。在送生娘娘殿偏西南又有两间和最东侧玉皇殿山墙基本对齐的老母奶奶殿，供奉的是泰山老母碧霞元君。大院西北角，和送生娘娘殿基本对齐的是青龙殿，这儿的房屋是5间，俗称李老爷殿。李老爷是当地民众对秃尾巴老李的尊称。传说秃尾巴老李出生在不远处的横河村人，出生后不是人形的怪物蛇，其实那不是蛇，而是一条青龙。父亲李员外拿着铁锨追他，前脚刚跑出门，父亲赶紧关门阻拦，结果被门挤掉了尾巴。李老爷由于是一条青龙，所以皮肤黝黑。这儿形成的秃尾巴老李传说包括出世、出走、上坟、守墓、下冰雹下到山中而不是照着玉帝安排下在山东、向他祈雨特别灵验、大战白龙镇守黑龙江等为主要情节结构的民间传说。过去每到旱天，周边村子的人就组织祈雨，传说每次都是非常灵验的。但是，由于为玉皇站班的赵公明（玉皇大帝封的三十六天官之首）与李老爷有过节，依附着李老爷灵魂的马皮（李老爷抓来代替自己行使权力的）从青龙寺一串跟头翻出来，有时由于赵公明的阻拦，三四次进不了玉皇殿门口。但最终进去，并且一定会下来一场雨。所以一直向东到海边，很多人都会来烧香祈祷。寺外不远处有一条从东山下来的水沟流向西边的王家河，寺院东南角建有青龙桥，过去有这样一种说法："青龙寺青龙桥，桥下跑者三头三桅的大帆船。"每年的九月九，青龙寺逢庙会，人山人海，十分热闹。在大门口南边，扎起戏台子，连唱3天的大戏。走访村民，他们回忆说，最后一位和尚是双泉峪子姓祖的，还有一位家是刘家城子村的小徒弟。

牛王庙村牛王庙

牛王庙位于牛王庙村，牛王庙村"文革"中改名红卫村，1981年恢复原名。村里李家林中曾有明万历十四年石碑。传说宋朝时候村里有一庙宇，内有牛王殿，村子因此得名牛王庙。

牛王庙原址上后来曾作过村办公室，后又改为幸福院，南边尚存有早已毁掉的石碑的低矮碑砟茬，东面残留很少捐款数额，由于太靠下正面已无任何字迹。

在走访中，有村民告诉笔者，宋朝时的庙宇叫白衣观，主殿为5间大殿的白衣观，道观的大门附近有个2层的高阁名叫观音阁，阁子底层是敞开式结构，有2米多高的空间；上层是封闭式结构，可以住人，这里应该就是某一时期的观音阁。观音阁前有几级台阶，台阶两侧是粗重的青石条子，由于年代久远，石条表面变得光滑锃亮。传说白衣观供奉的白衣大士，为观世音菩萨化身之一。救苦救难的南海观世音菩萨有救苦救难的32种化身。白衣大士身穿雪白衣裳，手执杨枝净瓶，即人称的白衣观世音菩萨。白衣观音大士的信仰，在民间极其普遍。里面一般还有送生娘娘、眼光奶奶、痘疹奶奶等神像，满足信众不同的现实需求。

传说宋朝时候这一庙宇内就有牛王殿。又传说清朝雍正年间，这个村子及周边村庄突然发生了耕牛疫情，耕牛接二连三地病死。那个时候全指望牛耕地，牛病死对农户来说是很大的灾难，全年的收成就没了指望。有人建议请牛王爷来保佑，于是开始捐资输财在白衣观东边又建起3间牛王殿，为牛王塑了金身，设起香案，供大家祈求保护。另外，这里的和尚和道士们还会些医术，能给村民们除病除灾。

前几年笔者在这儿考察曾见到一块残碑，上面有"重修观音阁道新建牛王殿""沂治西南""勒诸贞珉以"等字样，但刻碑、立碑时间已经漫漶不清，不能确切知道有关信息了。

村民隋学成在接受笔者采访的时候，介绍了1958年前这儿的格局：当时有院墙墙基，可以看出以前是有院落的；观音阁在东南方向，是在两米多高的南北走向的门洞上建立的，上边是有1间房，就是房门向南的阁楼，阁楼门口前面有影壁墙；观音阁西侧有由北向南逐渐升高的台阶，攀上台阶向右一拐，就能进入阁子；台阶东北不远处立有一通小石碑，台阶西南立有一通正面向西的石碑，再向西南又有一碑面东上面有捐助人员的石碑；在捐助碑向北不远处有两间平房，应该就是牛王殿了。在这个院落后边还有连着的另一个院落，当时就是一个荒园子，前后两院有2亩多地，前院还有向东的台阶。当时墙上还有壁画，檩上有龙凤等彩图，那时候两个地方都已没有塑像了。很多人不注意由北向南逐渐升高的台阶层数，但东边海边来的商人却记得很清楚，往往在海边以询问这个问题来确定是否是牛王庙村人。

牛王庙有十几亩地的庙产，1958年炼钢铁时，把阁子拆了用小黑砖垒了炼钢炉。1968年建扬水站需要石料，砸了那个大石龟，以及记载珍贵资料的三通碑，有的运到工地，部分残块砌了村里的井台。牛王庙彻底毁坏。牛王庙最后一位道士是安保庄的林如松，去世后埋在后来的供销社家属院里头了。

朱家坡村金钱寺

金钱寺位于朱家坡村。朱家坡原名朱家庄，与苏村镇朱家庄重名，1981年更名，村边有一个不大的山头叫钱山子。现在，山上风化的大石块里仍夹着一块块金光闪闪的金属块。传说这里过去是个向外淌金钱的窟窿，有夫妻2人发现后拿着这些钱经常接济困难人家。后来人们在这里修建了一座寺庙，起名叫金钱寺。庙西南角有一块很大的由巨龟驮着的雕龙碑，碑身近3米高，上面刻着庙名。还有和尚塔，共5层房子那么高，塔基是六角形石砌成，镂刻卷草、莲瓣、云彩等纹饰；上面是圆形砖砌塔身，塔身南面镶一长方形汉白玉塔铭，铭四边雕饰卷草花纹；塔刹为六角形，朝南一面雕有佛像，其余五面雕花草纹饰。最兴盛的时候，金钱寺有100多个和尚，庙地一直延伸到东坪村，足足有400多亩。由于现在仅存遗址，而无碑文遗存，这座寺庙的具体情况已很难考证清楚了。

王家安子村的王家庵和黄草庵

过去，村中有一尼姑庵，故而村名王家庵子，后演变为王家安子。在王家安子北1千米左右，又有一尼姑庵，因屋上苫盖着荒草，故名黄草庵。王家庵、黄草庵的具体情况，已无法考证了。

（2023年4月1-2日）

吉泰山石寨略述

高　军

　　吉泰山，又名鸡太冤，位于沂南县马牧池乡汶河东南岸。山下汶河向东滔滔流去，山上树木茂密，颓圮的石围墙环绕一圈，3处寨门清晰可辨。围墙内，树木掩映，几百间石头垒筑的干茬墙房屋虽然都没有屋顶了，但或高或矮的墙体框架格局依旧。这里，自古就是老百姓的避难之处。现在遗址，是清咸丰年间永安团驻防和民国时期抗匪的遗存。

　　本拟结合有关史料，就吉泰山石寨与永安团以及民国抗匪的关系进行简单梳理。

　　1842年前后，开始闹土匪，"棍匪""刀匪""掖匪"时有出现，接着太平天国在南方轰轰烈烈兴起。随后捻军、幅军在周边也渐成气候。在这样的大背景下，当地土匪也开始横行乡里，到处焚烧抢掠。真正引起吉泰山周边百姓震动的是，清咸丰八年（1858年）农历三月幅军逼近，沂水知县吴树声率领武装赶到，幅军连夜撤走这件事。农历九月二十二日，一伙土匪从蒙阴垛庄一路向东，"所过焚掠一空"，无恶不作，引起了吉泰山周边百姓的极大惊恐。于是太学生高赓（字子飏）与其堂兄增贡生高步瀛（字海峰）以及郡庠生刘家闲（字伯检）等，开始倡议重修吉泰山石寨。最早是高步瀛向高赓建议说："事急矣，非筑寨不为功。吉泰山天然可守也，盍修之？"郡庠生刘家闲"承叔父命，亦预其事"。吉泰山山势雄伟，山上顶部平坦，清泉涌流。四周险绝，很多地方可谓壁立，易守难攻。上辈人都说，吉泰山自古以来就是一处很好的避难之所。然而由于天下太平已久，古代的屋宇一点模样也没有了，甚至"无有一老墙存"。猛然间，重修山寨绝不是一件容易的事情。但是形势非常急迫，咸丰九年（1859年）三月二十日，土匪再次来犯，夜晚进入岸堤，横行无忌，大肆抢掠财物而去。这样一来，修山的事情就更加紧迫了。由于这件事情难度很大，每个环节都不容易。自咸丰庚申年（1860年）开始，他们3人动员周边村庄，组织各村人员各输财力，征集役夫在古墙遗址外修筑大墙，安寨门、建房屋、治枪炮、捐仓粟等。在人们的一致努力下，不久后山寨终于建成。堡寨建成后，刘家闲等推举高赓总理团务，进行日常管理和军事训练。咸丰十年（1860年）八月初五日，幅军突然到来，周边的圩子积极防御。当时芦山头被幅军攻破，10多人罹难。八月初六日，幅军再次焚掠岸堤。十三日土匪大规模到来，十七日又大规模侵扰。辛酉年（1861年）秋"贼复至，纵火焚掠，乡人大恐，悉赴此山，遂家焉。"也就是说，从1861年开始，人们就只能居住在山顶上了。此后几年，土匪大肆横行，"无岁不至"，人们不得不以山为家，长时期居住在山寨里了。当时，匪祸连连，由于堡寨坚固，由于诸寨人、诸团长同心勠力，精诚团结，吉泰山周边的老百姓终赖此山得以保全。直到同治四年，土匪的气焰才逐渐被扑灭。永安团这段历史，才开始慢慢画上了句号。事后，人们勒碑以载这次匪祸以及修寨抗匪的原委。同时高步瀛还写了两首七律诗："其一：千群豺虎迅如风，掠过吾乡鸡犬空。匝地□（已漫漶不清，下同）霾遮日惨，沿村烈焰烛天经。书来半夜人先怖，令发三门气倍雄。仰看天□亡气象，狼星直指祝苍穹。""其二：卷地掠波捍御难，吾乡竞赴碧峰端。旌旗影动风云变，鼓角声催心胆寒。万队戈矛人并寂，一天星斗夜将阑。王师到处妖氛散，可许吾侪庆永安。"

人们盼望永安，但在那样的年代里，所谓永安也只能是一种美好愿景罢了。

民国时期，由于政治废弛，军阀混战，以至于土匪再次蜂起。吉泰山周边地区，由于属于沂水西南，接近蒙阴东端，处于两县交界的地方，受土匪侵扰更为厉害，"所有各团局、各山寨被匪祸者不能胜述"。民国十四年（1925年），大股土匪猖獗起来，吉泰山周边各村只好又开始以山寨为家了。好在五六十年前，前辈们创设了一些规矩，这个时候可以继续遵循，搬上山寨相对容易一些。于是将石围子添加上了西门，在寨内修了岗台，筑了炮楼，轮流值班，认真防御。此时的山寨共分3个寨门，他们"选稽查，择游击"，除了防御外敌，还认真加强了内部管理。山寨由刘方泰、刘曰善领导，刘方策、吕清和、于学修、刘曰镜、刘曰阶、刘曰同、高煊、刘建璜、王秀泰、刘曰愚、刘曰泰、高锡纯等30人总理团务。由吕文奎、于震、刘爱厚、沈山、高玉坊、吕方栋、刘坦、李殿甲、王生湘、陈永安、王京安、刘安居、刘德绅、吕方时、吕文道、于奉旺、高登瀛、孙成基、高玉班、王元绪、刘曰贵、王元和、刘曰监、吕文祥、孙振基、刘玉昌、刘玉堡、高玉琳、刘禄祯、刘凤、于泮、孙富基等负责管理三门。由刘安庆、刘曰顺、于春霖、高玉埄、于清涟、王建城、于振海、王京堂、于镜、吕清涟、吕文明、吕文皋、吕文尊、王效学、刘恒厚、王效成、刘泰厚、刘永盛、王敬一、刘德谦等90余人负责稽查，于龙锋、孙玉柱负责药局，刘新厚、王京镐、高玉墉担任书记。由于各村组织团体，同心勠力，联络痛剿，土匪逐渐被肃清。其间，虽然多次发生危险，但最终得以保住了一方平安。到民国十七年（1928年）夏秋季，蝗虫行如风雨，止如丘山，为害严重，禾苗几乎被吃光。这个时候，各家逐渐归村，只留下了一部分老成之人留守管理石寨，并最终于民国二十年（1931年）结束。此后，国难当头，战乱频仍，民生涂炭，苦不堪言。处患难者事事不易，山寨时常为当地百姓遮蔽风雨、躲灾避难。人们也能精诚团结，以图生存。在相当长的时间里，吉泰山石寨为保护百姓，发挥了无可估量的重要作用。

20世纪40年代后期开始，老百姓再也不需要到山顶生活了，所有几百间房屋逐渐失修，慢慢倾圮。六七十年后，终于成了目前的样子。

关于山名，有的地方如《沂南县地名志》等写作"鸡太冤"，这里需要辨证一下。其实此山本名就是吉泰山，因山下有吉泰渊，是汶河冲击山崖形成的一个深渊，后来人们把吉泰渊作为参照物，将山说成吉泰渊山，后简化成吉泰山。再后来才衍生出别字的"鸡太冤山"，再省略为"鸡太冤"。写作"鸡太冤"，有从众随俗的意思，却是本末倒置，甚至让人感到莫名其妙了。

梁漱溟夜过王家安子

高 军

王家安子作为一个普通的山村，因为抗战时期关联了名人梁漱溟的一次夜行，留下一段佳话，让一个普通的小村增加了很多文化韵味。

这个村庄位于沂南县马牧池乡北部的大山下，距离乡驻地牛王庙村10千米。由3个自然村组成，大一些的就叫王家安子，东南半千米处是水连峪，正北是黄草安，人口近千人。村庄东高西低，村东是大山。传说最早立村的为李姓，村里现在虽已无姓李的人，但尚遗留有李家林，年代已无可考，目前能见的还有明末墓碑。清乾隆年间先是王姓迁入，后又有房姓迁入，至今这两姓人口最多。村名得名于黄草安这个地方的一个尼姑庵，王家人迁入后随着人口增多形成村落后就取名为王家庵子，后演化为王家安子。黄草安这个地方因为是尼姑庵所在地，生长着很多黄草随后跟着王家庵子也起名为黄草庵，后随着王家庵子变为王家安子，它也变成黄草安。而水连峪处在山峪中，雨季峪中多处瀑布如水帘，开始叫水帘峪，后来慢慢变为水连峪。

日寇侵入中国并且日益深入的时候，梁漱溟随国民政府退至西南的四川，但他在国难当头时期不甘心安处大后方无所事事，于是从1939年春天开始，他和几个朋友、也是他进行乡村建设实验的同事和学生，来到华北、华东敌后游击区，切身了解抗战形势，探求抗敌的方式方法等。在国共两党和军队的帮助下，从皖北、苏北进入鲁西、鲁南，再到豫北、冀南、晋东南，经太行山，渡黄河而返抵洛阳，然后回到四川。当时各城市及铁路沿线为日伪军所占据，为避免遭遇敌人，他的行程都安排在村野山区，非常不容易，有时候一两天都吃不上一顿饭，并时时会有与敌遭遇的危险。

这次行程，他主要的目的是考察沂蒙山区的情况，所以在蒙山沂水间待的时间最长，际遇也最为不平凡。

他刚刚到沂蒙山区就遇到日寇的六一大扫荡，日军派出大批飞机和地面部队，围追堵截国共两党的抗日指挥机关和部队。在6月7日日军对沂蒙山区大规模轰炸中，机关开始转移躲避。沈鸿烈6月8日派人送信给梁漱溟，告知省政府为避敌他迁，让梁漱溟一行自行转移，并派一个班的人照料护送。但梁漱溟考虑得更全面，在10日转移到连崮峪的时候，就把这些人还了回去，和几个同人一起相机运动前行。

经过几天几夜的露宿生活后，19日这天他们来到了沂水和沂南交界处的村庄南墙峪村并在老百姓家借住下来。20日接到以前的乡村建设同事、供职于山东乡村工作同人组成的第三政治大队的秦亦文来信，说他们在岱崮附近并邀请梁漱溟前往那儿一起行动。梁漱溟觉得这样会更安全、方便一些，于是决定前往。

21日早晨5点，天还没有大亮，梁漱溟就起床了，他们对居停的百姓家表示了深深感谢，在这里的两个晚上让他们睡了安稳觉，疲惫的身体已得到休息，体力也恢复到平常的状态。告别房东，他们向西北方向奔岱崮而去。可是走出7里多路后，夏蔚镇甄家疃（梁漱溟在有关文章中误为"曾家疃"，是因为战乱情况紧急，又加上读音相近造成的）方向发现日军，他们只好立即停止前进，停下来等待情况的明确。不一会儿那里就传来枪炮声，是日军已经确定无疑，他们只好立即折回南墙峪，隐蔽于山沟内观察情况。不久后枪声又近了一些，他们又赶紧转移到西墙峪。

他们商量后，决定白天在这里充分休息，到晚上利用夜色的掩护再出发，以期安全到达目的地。晚上9点他们从西墙峪启程上路，向西越过一道高高的山岭，奔向王家安子村。这天是农历的五月初五，是传统的端午节，第二天就是夏至了。他们先走到了王家安子村的水连峪这个自然村，这时上弦月早已落下，夜色很浓。山坡上、小村周围一块块突兀的大石头奇形怪状，错落耸立，他们近期一直在沂蒙山区辗转，对在石头之间行走已经很习惯。夜风吹来让人感到略有些寒冷，梁漱溟骑着的白马还是不久前新四军司令员彭雪枫将军送给他的，所以尽管路高低不平，夜色又漆黑，他们骑着马行进还是比较顺当的。由于19日晚上开始下雨，这场雨一直下到20日午后，雨下得比较大。前一段时间天气干旱，当地百姓苦于旱情严重，这次降雨对庄稼的生长非常有利。水连峪这里由于地表径流高，已然形成一道道大小瀑布，虽然看不太清楚，但訇訇的落水声时大时小，在寂静的夜里营造出一种特别的意境。梁漱溟一直很是牵挂老百姓的生活，看到现在落雨后水量这么充足，他忍不住和同行的人连连感叹："大慰农情，大慰农情啊。"

他们向西北转去，不久就到了3个自然村中最大的自然村王家安子，此时已经接近夜里11点，没有任何一家亮灯，老百姓都已经休息。由于他们的经过，偶尔会惹起几声狗叫，但叫声过后显得更安静。看到这里如此偏僻恬静，梁漱溟就想，如果是白天的话可以停留下来考察这个村子的情况，研究乡村在敌后起的变化以及这些变化对于未来大局的影响，并可以将自己对抗战的看法向村民宣说，以此来鼓动、坚定平民大众的意志。但他知道，这一切都已经是不可能的，他在马上不自觉地摇了摇头。出村后，他回头又向那里看了一下，他同时为不能考察这个有佛教遗迹的地方也感到些许遗憾。这是他来沂蒙山区后，遇到的第一个和佛教有关并因曾有僧尼活动而得名的村庄。

随后他们继续前行，经上峪、下李庄，由佛庄过公路的时候是下半夜的3时50分。第二天到达坡里，梁漱溟先见到了已担任八路军特务团团长的学生陆升训，特务团团部住在这里，就忍不住和他说起了路过王家安子的情况。

王家安子之行，让梁漱溟留下深刻的印象，让他永远记住了这个村名，多年以后他还几次提起这个村子和他们经过这个村子的情景。

耿树珂和他修建的善人桥

高　军

在马牧池乡东南官庄（又名东官庄、耿家官庄）西北、马牧池家东，高（沂水高庄）界（沂南界湖）公路东侧十几米处，有一座叫善人桥的著名桥梁。尽管由于道路改变已经不再使用，但还是被保存了下来。

这座桥是拔麻村耿树珂首事修建的，由于他做过很多修桥修路的善事，清末和民国时期在沂水西南乡远近闻名。至今很多百姓不知道他的名字，但却口口相传"耿善人"所做的一件件善事。耿善人的名头在马牧池、岸堤、依汶一带很大，可谓家喻户晓。

耿氏家族是从沂水张耿庄迁来的，耿树珂这一支是先生活在耿家官庄，后又迁居拔麻村的。他们祖上曾出过名人耿继业、耿继武，一直是家族的骄傲。耿继业担任过把总，在战场上阵亡，为国捐躯。耿继武是明朝嘉靖年间贡生，担任栾城知县，升正定府通判，不久后又升任延庆州知州。"所至有异政"，政绩突出，再升任延安府同知，致仕。"性安淡薄，囊橐萧然，当时称曰天下清官。"耿树珂始终以他们为骄傲，经常给家人讲述耿家的家族史，讲耿继武的一系列故事。

耿树珂父亲叫耿传吉，耿树珂有兄弟3人，他在家里是长子，出生于清同治十二年（1873年），少年时曾经遵从父命想着读书考取功名。那时候刚刚经历了土匪横行的乱世，他看到习武更为实用，逐渐开始不喜读书而爱上了武术。但是，随着社会的逐步走向安稳，他觉得学习武术也没有太大的用途。

慢慢地，他确立了做善事的人生理念，并立即付诸实践。他决定把家里的十几亩山地扔给两个弟弟种着，自己走出家门为四乡八邻修桥铺路。只要有空闲时间，他就带上錾头、大锤、小锤、铁锨和镢头，带着煎饼、腌菜疙瘩出门去，这里瞅瞅那里看看，发现路面不平就垫土铺路，直到彻底整理平坦。本村和附近的村庄的道路，很多时候都是他维护的。有些好心人请他到家里吃饭，他总是坚决拒绝，从不吃人家的一口饭。饿了就就着腌菜疙瘩啃自己带去的煎饼，渴了就找个泉子喝口凉水。

马牧池的"善人桥"是他修过的最出名的桥，这是一座石头拱桥。这里处于交通要道，特别是夏天洪水暴发，造成行路困难。耿树珂决心在这里修建桥梁，他在卧牛山上开始起石料，把山岩劈成石条，然后用錾头錾成四面平整的条石，然后用肩挑车推运到这里，经常是天不明就起床动身，每天一干就是不落日头不收工。他的这片痴情，慢慢感动了附近村庄的乡亲，大家自发地捐款捐物、出工出力，很多人都在种地的空闲时间里过来帮忙，一起抬搬条石，一同铺筑，众乡亲一起动手，修成了这个规模不小的大桥。这座大桥修成后，方便了远近行人，为他赢得了很大的名声。这座桥刚修起来没有名字，但老百姓很自然地命名为善人桥，随后就这样一直被叫了下来。

　　盘龙崮后黄连村西的山口叫作坦埠口子，是上峪、中峪、下峪、桃花峪、马牧池一带群众去坦埠赶大集的必经之处。这里山高路陡，乱石挡道，翻越这个山口难度很大。距离拔麻村20多里路，耿树珂决定到这里铺路，解决当地百姓赶集行路难这个问题。他到这里修路，需要翻越吉利沟、黄土山的山梁，越过中峪的山山水水。他在这里日复一日起石头，打磨石料，行旅商人和附近乡亲被他锲而不舍的善行感动，捐钱捐物，出工出力。历经两年时间，寒来暑往，含辛茹苦，终于铺成了山口的长达1里多的石阶路。

　　他还在隋家店村东山和河衔接处修路，这段路需要先过一道沟，过河沟后山坡变得急陡。这段路由于年久失修，山水冲刷，坑洼不平，十分难行，推车人需要几个人帮忙拉车才可上坡。他每天挑着镢头铁锨等物，走十几里山路到这里修路。有些百姓纷纷出手相助，不长时间山路得以修整，方便了过往行人。后来人们在这里道路一侧刻立了一通石碑，石碑上刻4个大字"见善勇为"，旁边有小字记录了耿树珂善德善行，这便是远近有名的"善人碑"。

　　他修过的路，大家至今还记得的有九山庄凤凰山口的石板路、常山庄与西寺堡之间高架山后的石板路等。

　　在抗日战争时期，耿树珂深明大义，积极为八路军做工作。八路军在拔麻村安了兵工厂，他帮忙运送材料机器设备，把这里制造的地雷、手榴弹等用挑子送到指定的地方。敌人来犯的时候，他帮着转移伤病员和机器设备。有一次，几个八路军战士突围到东山沟大椿椤场，耿树珂和李继昌不但帮着掩藏保存枪支和背包，还把自己的身上的棉袄棉裤脱下来，让八路军战士穿上做伪装。日本鬼子追来，盘问耿树珂，他假装什么也不懂，柴草垛背包和衣服被搜出来，恼羞成怒地用刺刀对着他就是一阵乱刺，刺伤了他的头皮，后来侥幸活了下来。一直到去世，他的头上还有一个大伤疤。

耿树珂于1952年正月二十五日去世，享年79岁。

由于他毕生乐善好施，积德行善，"耿善人"的名头远近闻名，大家都嘉许他的善行善德。

2008年，拔麻村耿氏族人在耿家林里为耿树珂立了墓碑，用碑文简单介绍了他一生的所作所为。

附："耿善人"的墓碑碑文

先祖树珂乃曾祖传吉之长子也，生于1873年，故于1952年。毕生乐善好施，积德行善，修桥铺路，恩泽四邻，博得"耿善人"之美誉。众乡亲曾出资为其树碑立传于万松山烈士陵园，后在"文革"期间被毁。先公一生修路架桥多处，不胜枚举。至今存有马牧池"善人桥"，西寺堡村西石板路，凤凰山山路，坦埠口子要道等遗址。抗战时期，曾为我八路军保藏枪支子弹器械，故被日军刺伤十余处，身负重伤。先祖一生胸怀坦荡，大智若愚，平易近人，实乃我辈之楷模。特勒石为志，以儆后人也。

公元二〇〇八年岁次戊子清明　吉立

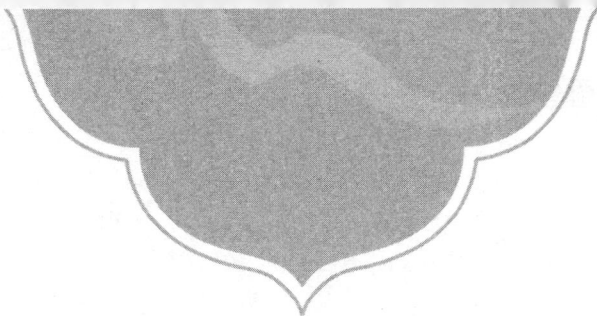

第二辑

红嫂明德英

高 军

明德英，女，1911年出生于岸堤镇岸堤村一个贫苦农民家庭，两岁时因病致哑。21岁时，嫁给马牧池乡横河村既无土地，又无房屋的贫苦村民李开田。乡亲们让他们去看墓林，林边零星地块可供食粮，林里的树木可供柴草……从此，一个茅草窝棚架在了墓地边，这样的草棚在当地叫作团瓢。

全国抗战爆发后，明德英在家乡目睹了共产党八路军坚持抗战、为国为民的实际行动，从而对共产党八路军怀有深厚感情。

1941年冬，大批日伪军包围了驻沂南马牧池村的八路军山东纵队司令部。11月4日，八路军1名小战士在反"扫荡"中负伤，冲出敌人包围圈，跑到马牧池村西河岸边，在坟茔、树木间不停地躲闪、奔跑，敌人不停地寻找、追赶。明德英看见了小战士的处境，迎上去将他拉进自家团瓢屋（窝棚）里，按在床上，盖上破烂不堪的被子。不一会儿，两个日本兵追赶过来，窝棚门矮得低下头都难走进去。日本兵发现她是哑巴，就比画着战士的身高、衣着，问她见到小战士没有。明德英毫不犹豫地朝西山指了指，两个日本兵急忙朝西山追去。日本兵走后，明德英上前揭开被子，发现小战士因伤口流血过多，已经昏迷过去。正在哺乳期的明德英来不及烧水做饭，毅然将乳头塞进小战士嘴里，乳汁一滴滴进战士的嘴里……小战士终于得救了。随后，她又和丈夫杀了家中仅有的两只鸡，做成鸡汤，一口一口地喂给小战士吃，半个多月后，小战士伤愈归队。

1943年初，李开田和明德英夫妇冒着日伪军时常搜查的危险，在自家窝棚、附近墓地、村外石沟和草丛里，精心照料、掩护和转移着伤病的八路军小战士庄新民。由于长时间疲累、饥寒和伤痛的折磨，庄新民奄奄一息。明德英就时常以自己的奶水喂养他，终于把他从死亡线上救了回来。

抗日战争和全国解放战争时期，"红嫂"遍沂蒙，明德英只是其中的一个代表。明德英被公认为沂蒙红嫂的生活原型，赢得了人们的敬重和爱戴。新中国建立后，她先后把儿子、女儿、孙子等送入子弟兵行列，体现了爱党爱军的沂蒙精神。明德英老人于1995年与世长辞，享年84岁。

明德英作为沂蒙红嫂的生活原型，赢得了人们的敬重和爱戴。

国防部原部长迟浩田上将在探望她时，题词"蒙山高，沂水长，好红嫂，永难忘"。

2009年9月10日，在中共中央宣传部、中共中央组织部、中共中央统战部、中共中央文献研究室、中共中央党史研究室、民政部、人力资源和社会保障部、全国总工会、共青团中央、全国妇联、解放军总政治部等11个部门联合组织的"100位为新中国成立作出突出贡献的英雄模范人物和100位新中国成立以来感动中国人物"评选活动中，明德英被评为"100位为新中国成立作出突出贡献的英雄模范人物"。

1960年，著名作家刘知侠以沂蒙红嫂为题材创作了短篇小说《红嫂》，后被改编成京剧《红嫂》《红云岗》，舞剧《沂蒙颂》等经典作品，传遍大江南北。1976年6月，人民美术出版社出版了《沂蒙颂》（电影版）连环画小人书。1997年，根据刘知侠同名小说改编的影片《红嫂》公映，从此，红嫂用乳汁救护子弟兵的形象深深印在亿万群众的脑海中。

巍巍沂蒙山，耸立着沂蒙儿女无私奉献的丰碑；滔滔沂河水，诉不尽沂蒙儿女的崇高情操。普普通通明德英，善心救助子弟兵。深情拥军神鬼泣，红嫂化作天上星。1992年3月6日，明德英作为57名被授予"山东红嫂"荣誉称号妇女中的第一名，赢得全民颂扬，感人事迹流传至今。她逝世后，重孙李超受家庭影响，又光荣参军入伍。沂蒙红嫂用青春、热血和生命，所谱写的一曲曲感天动地的奉献之歌，以及其慷慨无私的崇高情怀，生动体现"爱党爱军、勤劳勇敢、忠诚坚韧、无私奉献"的伟大沂蒙精神，日月可鉴，天地永存。

两本描写高洪安的书

高 军

高洪安是沂南县马牧池乡万良庄人，1926年出生在一个贫苦农民家庭，父亲给地主种地、看山，母亲当佣人。高洪安5岁开始跟着父母逃荒要饭，七八岁就给地主放羊。1940年，为掩护八路军和北海银行巨款，母亲遭受日本鬼子毒打，宁死不屈，保守了秘密，但因伤势严重，在八路军野战医院去世。高洪安思想认识逐渐提高，1942年7月，16岁的他加入了中国共产党。在抗日战争和解放战争时期被评为鲁中区劳动模范、学习英雄。他一天学也没上，却成为《鲁中大众》通讯员。当时，沂南县开展了轰轰烈烈的"学习高洪安运动"，全县成立高洪安小组470个，涌现出"高洪安式"的青少年900多名。

关于高洪安，曾有两本影响很大的书专门介绍他：一本是《青年劳动学习模范高洪安》，一本是《高洪安翻身诗画》。

《青年劳动学习模范高洪安》，高晓声作，插图：联森（全名为叶联森）。封面上部为从右到左红字"青救会学习材料之二"，左侧红底黑字竖排"青年劳动学习模范高洪安"，其中"劳动""学习"字体变小并列两行竖排，下面同样为从右到左红字"胶东青联东海分会翻印",封面主图为白底高洪安上半身彩色画像,"高晓声作、联森插图"竖排在书名右下方。

《高洪安翻身诗画》为连环画,封面最上部是自右向左排列的书名,封面主图为高洪安正在认真阅读《鲁中日报》的画面,窗外照进明亮的日光,尽管家具简陋,但主人公脸上布满自信而幸福的神情。内文布局,一页是诗,一页为画,画系叶联森创作。

关于高洪安的宣传,据目前所知,最早是高洪安的开荒生产和学习事迹被发现后,鲁中区开始组织宣传关于高洪安的文艺创作。高晓声(注:此高晓声并非后来写出《陈奂生上城》的作者)于1945年7月1日在沂中县埠前庄(今属沂水县院东头镇)完成了《青年劳动学习模范高洪安》一书。

随着鲁中区第二届劳模大会和学模大会的召开,《鲁中大众画报》也开始宣传高洪安的事迹。《鲁中大众画报》"第二届劳模大会专号"介绍的是,1945年冬至1946年1月4日在新泰东都召开的鲁中区第二届劳模大会。这期"劳模专号",为三四期合刊,1946年1月30日出版。编者与作者是叶联森、康牛、半残。叶联森后来担任山东省工艺美术研究所所长;康牛原名刘善一,沂南县大庄镇刘家店子村人。1945—1947年任鲁中大众画报社编辑、主编,曾亲临鲁南前线和莱芜战地采访、写生,创作了一批反映解放战争、在当时较有影响的美术作品;半残名李子纯。在这期画报中,他们用连环画的形式描绘了劳动模范刘曰文、董守本、韩淑芬、高洪安、关相林、娄世兰、马克祥等的事迹。1945年冬至1946年初在博山七亩地召开鲁中区学模大会,劳动模范高洪安又被评为鲁中区头名学习英雄。1946年6月15日出版的八、九期合刊《鲁中大众画报》出版了"学模大会专号"，介绍鲁中区学模大会情况和一些模范人物事迹。

《青年劳动学习模范高洪安》

《青年劳动学习模范高洪安》一书，目前能见到的是胶东青联东海分会翻印本，但具体翻印时间不详，说明中有"咱们东海正开展着轰轰烈烈的大生产运动，和青年为骨干的开展农村新文化运动"，可以推出大体翻印时间。其他地方的出版和印刷情况，由于缺乏资料，待考。

全书分12部分，目录（注：目录及以下引文皆保持原貌）为：一、饿毁了堆，逃荒下莒州；二、回到家，又吃够了地主的气；三、愚昧、落后、地主欺骗洪安；四、共产党来了，洪安积极开荒；五、穷人大翻身，生产更加积极；六、当选劳动模范，回家组织大变工；七、劳动模范人人爱，洪安顺利结婚；八、生产大改善，全家喜洋洋；九、和地主打赌，下定决心来学习；十、当教员，写稿子，洪安灵通了；一一、热爱共产党，拥护八路军。一二、当选了县青联副主任。最后落款为"一九四五年七月一日于沂中埠前庄"。

本书还配了彩色插图。彩色插图一是配合第5页内容的，洪安光着脊背气哼哼地抱着肩膀坐在那里，一个背口袋的背影正在离去，上面的说明是："洪安开的荒打的粮食，叫地主硬硬的分了去。"插图二是配合第14页内容的，两人一个扬着镢头，一个弯腰正在刨地，说明文字是："共产党来了，洪安洪登积极开荒。"配合第32页内容的是学习场面，教桌上放着一本摊开的书，学校的教员正在指着"生产变工"教大家，下面是坐着的密密麻麻背影。插图七是正在张贴毛主席像，配图文字是："洪安说：拥护共产党，拥护毛主席。"

《高洪安翻身诗画》

《高洪安翻身诗画》为叶联森1949年5月创作，1950年5月又重画过的作品。目前见到的版本有：山东人民出版社1949年10月初版7000册，1951年1月再版5000册，定价2450元（人民币旧币单位，相当于新币0.245元）；人民书报供应社1950年8月初版5000册，当月二版达到10000册，10月三版达到总印数20000册。人民书报供应社出版的该书由华东美术印刷厂（上海市大连路76号）印刷，书中有括号注释："初稿草成于一九四九年五月，一九五〇年五月重画。"

《高洪安翻身诗画》全书30页画、30页诗，画面带页码，诗页不标页码。扉页书名背面就是诗歌。诗歌一共7部分，如第一部分叫"苦日子"，第七部分叫"当选了学习英雄"，下边根据内容或多或少一共分成30个小标题。

同样为了让读者更多地了解本书，下面尽量多引用一些原文。

开头先是扉页书名背面的说明文字："一、苦日子""财主家生个小孩，惊人就像塌了天，亲戚朋友齐贺喜，送去了糯米、红糖和鸡蛋。娘生高洪安，光愁不喜欢：一愁没的吃，二愁没的穿；照人影的糊糊喝不饱，孩子生在破石屋子里！"然后一页正面是图画，主画面是高洪安出生的凄惨情景，破石屋、破家具、破床破衣被，画面右上方圆圈里面画的是地主家生孩子的热闹场面。背面仍是诗："一九三二年，各处闹灾旱。租子缴不上，烟囱不冒烟。爷娘收拾起挑子一担，亲儿洪安放里边，一家三口泪满脸，逃荒下莒县。千条水呀万道山，风风雨雨行道难；饥喝井水饿讨饭，千难万难到莒县。实指望混点吃穿，扛起锄头种租田。"第七部分是结束："七、当选了学习英雄""鲁中召开学模大会了，地点就在博山市，会场真大，电灯雪亮！四下里挂满贺幛，贴满画子。大会开了二十多天，二百多个模范都报告了自己的学习。鼓敲得声声的，锣晃晃地，大红花又挂上他的胸膛，吹鼓手又吹起了状元曲，洪安当选了学习英雄啦！他笑嘻嘻地向毛主席的挂像，恭恭敬敬地行了个礼。"文字后紧跟着是"注一：万良庄属鲁中南沂南县长山区，是高洪安的家乡"等共五条注释。

高洪安后任共青团沂水县委组织部长，出席了第一次全国青年代表大会，受到毛主席接见。1959年他积极响应党中央的号召，主动放弃家乡的干部岗位，担任总指挥率领马牧池区400名支边青年，同山东21万支边青年分批集体去东北。7月，他们告别家乡到了位于黑龙江省东部的松花江和黑龙江交汇处绥滨县境内的290农场，高洪安在29连干烧水工。他埋头苦干，任劳任怨，时常把队里的好人好事和新闻写成广播稿，还经常给《农垦日报》投稿，得到全连、全场干部职工的一致好评。他曾把自己每月30多元的工资除了交食堂9元的伙食费外全部捐给队里的困难职工家庭。多次被评为农垦总局、农场先进生产者和标兵，农垦总局特等劳模和黑龙江省劳动模范，在兵团时期3次荣立三等功。1984年从290农场调到中国石化总公司大庆炼油厂（林源炼油厂）后离休。2020年高洪安在大庆市病逝，享年94岁。

北海银行总行印钞厂在万粮庄

高　军

　　北海银行总行正式成立后，购买了济南大中印刷局全套印钞设备，动员了大中印刷局制版、印刷、着色、裁切及打号等工种20多名技工前来沂蒙根据地。大约在1941年初春，北海银行总行在大梨峪村正式建立了自己的印钞厂。印钞材料主要是通过地下组织到济南、石臼所以及潍县等地购买的。整个印刷工作一直持续到1941年冬季。在日寇冬季大"扫荡"中，印钞厂由大梨峪村转移到东辛庄村南山只有三五户人家的和尚峪。1942年春季，印钞厂随总行迁往万粮庄村，印钞厂设在山西村，山西村为自然村，属于万粮庄村。万粮庄坐落在汶河南岸的鸡太冤山脚下，依山傍水，风景秀丽，村后是一片茂密的白杨和丰厚的沙滩，遇到情况能掩能藏，是战时工作的理想之地。驻万粮庄期间，总行印钞厂已经发展到拥有四五十人，七八台小石印机和4台铅印打号机的规模。印钞厂设在地主于学修（东辛庄人）在山西村（属万粮庄）的学屋（相当于私立学校）里。但据高录宽《我在"北海银行"当警卫的回忆》中说："银行迁到马牧池乡万粮庄村，印钞厂设在今山西村王立群家西屋。"印钞机共3台，安放在3间西屋里，靠着西屋南边有两间屋作伙房，在东边1间屋里制版，2台打码机安在两间堂屋里。北海币两面印完后，拿到堂屋里裁切，100张1摞夹在一起；然后打码，打码和加盖印鉴是同一程序进行的。打完码，100张1摞用纸条扎起来，送到鉴定股查看暗记有没有少，号码印得是否正确。工作是两班倒，都是在白天工作。两个人操作1台印钞机，打码机由1人操作。所有人员都穿便服。1个警卫班保护印钞厂，警卫人员也穿便服。

银行迁到该村后，办公室设在高绪（续）先家，王科长住在这儿，银行主任洒海秋住在办公室西50米处的高怀先家。警卫班的12名同志分散居住在办公室周围负责警卫。鉴定股住高希铭家。在高守惠和高洪风家各挖了个地下室做钱窖子。钱窖子有一间屋大小，北海银行所有巨款都藏在里面。在村东头高洪风家的菜地头，挖了1个深4米，空间体积20立方米的地洞，地洞上方盖了1间小草屋，票纸和油墨就埋在这个小房子地下。当时附近据点的鬼子1年至少出来"扫荡"三四次，通常春耕时过来破坏春耕，麦季时节过来抢麦子，过年时也来"扫荡"。敌人来了，将小屋放火一烧，既报了信，又保护了巨款的安全，敌人根本不会注意。那时候，军民关系很好，听说鬼子要来，就把机器拆了，群众帮着抬到西河（汶河）边，埋在沙滩里。第二天早上，赶着羊群在上面来回走几趟，鬼子就看不出来了，人员则疏散到南边山区里。

钞票押运工作大都在白天进行，统一用铁制的方煤油桶盛装，挑夫也都是当地熟悉路线的老乡，对外装扮成生意人，遇到情况随时掩埋。"北海币"全部押送到青驼战工会财政处，有时一天一趟，由警卫班负责押运。两条腿走路，从万粮庄到青驼寺足有120多里,有时因任务紧急需要当天打来回。

下列几种北海币是在万粮庄村印制的:

民国三十一年伍分券,正面紫红色,票幅87毫米×47毫米,中间是山景图案,两边印有"山东"字样,背面浅黄色。

民国三十一年贰角券,正面蓝黑色,票幅116毫米×57毫米,左边是城门图案,两边印有"山东"字样,背面浅棕色。

民国三十一年壹元券,正面枣红色,票幅145毫米×70毫米,中间是火车图案,两边印有"山东"字样,背面橘色。

民国三十一年贰元券,绿色,票幅132毫米×61毫米,右边是耕地图案,左边印有"山东"字样。

民国三十一年拾元券,正面绿色,票幅145毫米×73毫米,山水图案,下方两边印有"山东"字样,背面蓝色(注:此券有不带"山东"字样的版别)。

但据一些老同志回忆,下述两个券种也是总行印钞厂迁往滨海区前在万粮庄印制的:

民国三十二年贰角伍分券,正面枣红色,票幅85毫米×50毫米,右边是农夫挑担图案,左边印有"山东"字样,背面棕色。

民国三十二年拾元券,正面红色,票幅141毫米×72毫米,右边是前门图案,两边印有"山东"字样,背面咖啡色。

1943年三四月,北海银行总行及其印钞厂迁往滨海区。总行迁到滨海后,鲁中分行印钞厂仍在这里。1944年春天,印钞厂曾一度迁到王家庵子,秋天又返回。

(本文资料来源中国金融出版社2014年1月版《北海银行在沂蒙》,《沂南文史资料》第四辑,1991年12月《沂南文史资料》第六辑)

中央芭蕾舞团《沂蒙颂》剧组在横河村

高　军

蒙山高　沂水长

军民心向共产党

红心迎朝阳

炉中火放红光

我为亲人熬鸡汤

续一把蒙山柴炉火更旺

添一瓢沂河水情深意长

愿亲人早日养好伤

为人民求解放重返前方

　　2018年8月7日，在中共沂南县委党校礼堂的舞台上，中央芭蕾舞团年轻演员们奉献了一台《沂蒙情——芭蕾精品晚会》慰问演出。中央芭蕾舞团于2017年3月18日来沂南县采风，在《沂蒙颂》的基础上创作芭蕾新作《沂蒙情》，进一步弘扬沂蒙精神、红嫂精神。4月28日晚，中央芭蕾舞团创作表演的芭蕾舞剧三章《沂蒙情》首演在北京天桥剧场成功举行，赢得观众好评。

三章《沂蒙情》是由舞剧音乐家刘廷禹作曲、芭蕾大师徐刚编舞，根据1973年中芭老一辈艺术家通过沂蒙红嫂明德英乳汁救伤员的事迹创作的芭蕾舞剧《沂蒙颂》重新改编而成的芭蕾新作，通过对《沂蒙颂》的故事情节加以提炼，精心构思、精心打磨，浓缩为"顽强作战，英勇负伤""愿亲人早日养好伤""为人民求解放，重返前方"3部分。舞台上，演员精湛的表演、扣人心弦的故事情节、经典的音乐旋律，精彩再现了沂蒙红嫂乳汁救伤员、为亲人熬鸡汤、拥军支前的动人事迹，谱写了一曲党和群众、军队和人民血乳交融、鱼水深情的颂歌。

这一切都源于马牧池乡横河村，横河村是明德英出嫁后居住的村庄。乳汁救伤员的故事感人至深，刘知侠创作了中篇小说《红嫂》。1964年《红嫂》改编为现代革命京剧《红嫂》，8月12日党和国家领导人在北戴河观看了山东省淄博市京剧团与青岛市京剧团合演的现代京剧《红嫂》，并接见了全体演职人员，鼓励演员张春秋说："谢谢你们，演得好！"并与全体演职人员一起合影留念后，鼓励大家，《红嫂》这出戏是反映军民鱼水情的，演得很好，要拍成电影，教育更多的人做共和国的新"沂蒙红嫂"。随后，在座谈会上，高兴地说："《红嫂》这台戏可用'玲珑剔透'来概括，剧本编写得细致，人物表演得细腻，充分体现了军民之间的鱼水情深。"提出希望改编成芭蕾舞剧。1971年初，中央芭蕾舞团成立创作组，先后6次来沂蒙山区采风和体验生活。

国家一级舞剧编导、著名舞蹈家，曾任中央芭蕾舞团团长的李承祥回忆说："我是第一批下去的，到了沂南县横河大队，我和舞美、作曲3人一起就住在老乡家里。那时候，很多红嫂式的人物还健在，我们就带个小本子深入到山沟里去采访。山路不通汽车，下去全凭走路。到哪儿都有老乡拉着去采访，创作组仅走访当年救护过解放军伤病员的大娘，就有100多位。"

1972年初，芭蕾舞剧《沂蒙颂》在北京天桥剧场举行试验性公演，怀抱婴儿的英嫂用自己的乳汁救下解放军伤员的故事，深深打动了现场观众。3年后，精编版《沂蒙颂》由八一电影制片厂搬上银幕，从此有了更多的知音。

精编版《沂蒙颂》，正式公演是在1973年5月16日。像记得自己孩子生日一样，老区人民的纯朴善良，不仅成为丰富的创作素材，更成为李承祥最珍贵的记忆："看我们穿得单薄，大娘们非要把一叠布票塞到我们手里，叮嘱说回去后一定要做件衣服啊！老乡们自己吃得再差，都要想法子给我们做好吃的。一碗面条盛上来，吃到最后，发现底下还藏着一个鹅蛋，这本是他们准备卖了补贴家用的呀……"踏上沂蒙老区的红土地，就会明白"鱼水情深"这4个字的分量。在革命老区，当年家家都是医院，人人都是护士，老百姓对子弟兵比自家人还亲。《红嫂》的原型在沂蒙老区，但在战争年代，类似红嫂的妇女何止成千上万！

"蒙山高，沂水长，军民心向共产党……"剧中由《沂蒙山小调》衍化而来的主题曲《愿亲人早日养好伤》不胫而走，并传诵至今。作曲刘廷禹说："在沂蒙山革命老区，感人的故事数不胜数，而舞剧《沂蒙颂》所描写的只是其中的一个。"

《沂蒙颂》诞生之后，曾多次在北京、广州、上海等地演出，1976年还出访德国、奥地利等。而让李承祥和女主演程伯佳记忆犹新的，是在沂蒙老区的那场演出。北京试演后不久，剧组全体成员带着新生的《沂蒙颂》回到"家乡"横河村。老乡们搭起土台子，用盖汽车的油毡布铺在台上，除了一些小型道具外，英嫂做饭的炉子等都是从老乡家里现借的。听说首都的剧团来跳"脚尖舞"，热情的乡亲们从十里八方赶来，崎岖的山路上有很多独轮车推着老大爷、老大娘前来看戏，山坡上站满了观众。当地干部后来告诉李承祥，看这场戏的时候简直是人山人海，可谓创下了纪录。

蒙山高　沂水长
军民心向共产党
红心迎朝阳
炉中火　放红光
我为亲人熬鸡汤
续一把蒙山柴炉火更旺
添一瓢沂河水情深意长
愿亲人早日养好伤
为人民求解放重返前方

第三辑

香炉石的来历

高　军

马牧池乡有个香炉石村，东为大山，西为丘陵，村南村北地势比较低一些，在东山村前山脚下有1块巨石，形状非常像香炉，所以就有了香炉石村的名字。

传说，这块石头原来是天上之物，是后来被出生于横河村的秃尾巴老李从南天门打落到人间来的。说起来，这话就长了——

秃尾巴老李用雷劈了三奸王的两棵笔直楸树后，三奸王为了告状，写了黄表纸状子，经过焚烧后传到了玉皇大帝手中。玉皇大帝这个时候正好对秃尾巴老李不听话很生气，你想想玉皇大帝让他下冰雹砸山东他却装憨下在山中，叫他砸一片他却故意只是砸一线，他还作弊瞒哄玉帝，下的冰雹竟然是薄片并且中间还带小孔。他多次抗旨，玉皇大帝正对他心中有气呢，看到三奸王的状纸后，玉皇大帝心中暗喜，于是眉头一皱，传旨道："来人啊，你们去把老李拘了来吧，为了别让他撒野给他戴上笼头，脚上也戴上镣子吧。"不久，秃尾巴老李就被带到了玉皇大帝面前，玉帝用手指着他斥责道："你好大胆，竟然敢蔑视朕，一次次哄骗朕，这还了得！并且还敢仗势欺人，糟蹋民物，强娶民女。别当是管不了你了，从今天起你就在我面前听差吧。"秃尾巴老李想争辩，但嘴上戴着笼头一点声音也发不出来，只能肚子一鼓一鼓的干生气。从此以后，秃尾巴老李就在玉帝面前干些事务性的差事了。

这天，玉皇大帝在天宫举办宴会，太上老君、太白金星、托塔李天王、哪吒三太子等都来赴宴。秃尾巴老李嘴上戴着笼头、脚上拖着镣子在现场提茶倒水、布置上菜，太上老君最早认出了他："这不是俺本家李龙王吗？你看看你看看你怎么在这里就像个小跑堂的样啊？"秃尾巴老李发不出声音来，只是无奈地看着太上老君，眼里流露出渴望自由的企望，但却没法表达出来。这个时候托塔李天王也走了过来："哎哟，我说这是怎么回事啊，俺一家子的李龙王怎么还被封嘴了？"但因为玉皇大帝在场，他们都很快住嘴了。玉帝摆摆手，干笑了几声："他干的那些事你们难道就没有耳闻？我这是把他放在这里让他杀杀性子，好好反思反思自己的错误，只要他认识了错误并真正改了，事情也就过去了嘛。"哪吒三太子性格直爽，说话还是一片天真烂漫："玉帝啊，其实李龙王并没有错啊，那个三奸王真不是个好东西啊，再说了李龙王要他的树是为了制作扁担抬马皮的，那是为我们神界增光的事啊。人家明媒正娶了郭家女子，怎么能说犯了错呢？少砸庄稼那更是爱民啊。"叫哪吒这么一说，玉皇大帝心中动了动，又加上看到了他那可爱的孩子的模样，非但没生气，脸上还有了笑容："真是童言无忌、童言无忌啊。"看到玉皇大帝并没有生气，气氛才又活跃了起来。

宴会眼看就要开始，太上老君向太白金星眨了一下左眼，那太白金星本来就是太上老君的徒弟，老师心里想的是什么学生岂不是明镜一样。于是这次是太白金星又向玉帝张口求情了："玉帝英明，玉帝英明。李龙王在这里时间也不短了，整天戴着个嘴笼头和脚镣子也不是个事儿啊。再说了，您这里什么样的伶俐人没有啊，叫个大男人在这里伺候我们，服务水平也大打折扣了啊。再说了，过去大家都同列仙班，对他惩罚也惩罚了，就给他拿下嘴笼头来让他一块吃点吧。"其他几个人也同时附和，一起张口向玉帝求情："就让他上桌吧。"玉帝苦笑道："他那个熊脾气的，谁能管得了他？——既然你们都这样说，那就让他吃点东西吧。"

嘴笼头取下来后，秃尾巴老李毫不客气地坐了下来。都知道山东人饭量大，他又已经很长时间不吃东西了，饥饿程度可想而知。只见他对谁也不管不顾，一阵狼吞虎咽，一桌子饭菜就去了一半。玉皇大帝和太上老君毫无表情，而太白金星、托塔李天王、哪吒三太子等都在一边笑眯眯地看着他。

秃尾巴老李一鼓作气吃得饱饱的马上来了精神头，他起身后拖着脚镣子向外就走，玉帝道："回来！"他全当耳旁风，不管不顾直奔南天门而去。在南天门口，他觉得脚镣子拌拌拉拉的实在不得劲，于是用一只手提起门边的香炉石，就向脚镣子砸去，只一下就砸开了，他口中用山东话嘟哝道："去你个鸟的！"顺手就向外扔去，结果原本在南天门边的这块香炉石就落到了人间。说来也真凑巧，竟然落在了距离横河东北几里路远的地方。

这次大闹天庭后，秃尾巴老李就被玉皇大帝贬到东北黑龙江去了，从此彻底离开了山东老家，但这块香炉石却永远存在了下来。

团圆墁

高　军

　　笔者曾多次登临团圆墁。过去交通不便，登临很不容易。现在宽阔的道路在团圆墁半山腰三面绕行，已经容易登临了。在鲜花盛开的春季，我又一次来到了团圆墁。

　　团圆墁隶属沂南县马牧池乡，在乡驻地东偏北不远处，海拔490.2米。团圆墁又名仍山，和不远处的云山（即虎蹲顶，也叫护云顶）构成"云仍"2字。仍指八世孙，云指九世孙。山南不远处双泉峪子还有云泉、仍泉、云仍溪。清道光七年（1827年）《沂水县志》记载："虎蹲顶（县西南七十五里，一名护云顶，又名云山）……虎蹲顶西南为团圆墁（县西南八十里，一名仍山）。""云泉、仍泉。县百里，出云仍山双泉峪之云仍溪，二泉相距丈余。仍泉未经修理，云泉大定五年修，明天启间重修，有残碣尚存，乡人资以灌溉。""东汶水……东经牛王庙，马牧池水入之。又东经柳沟庄、双泉峪，云仍泉注之。"以"云仍"命名这些地方，是有希望家族绵延的吉祥意义的。

　　从远处看山顶是连续的石墙峭壁，虽然不叫崮，但同样是一座崮型地貌的山峰。中国的第五地貌——岱崮地貌研究者李存修在《团圆墁采风》一文中说，"团圆墁，实质上就是一座大崮"，这是很准确的。

笔者来到团圆墁南面西寺堡村，准备从这里攀登。这面山坡上大多是西寺堡村百年以上的车头梨树，枝干遒劲苍老，但充满生机。车头梨是这里的特产，肉质细腻，口感好，甜度高。这时正是梨花怒放的时候，满树洁白的花朵密密实实，整个树头就像一块块奶白色的巨石不规则地卧在山坡上、田野里，预示着秋天沉甸甸的收获。间或有几棵桃树散生在其间，花朵鲜红，与白色的梨花相映成趣。斑斓的色彩显得更加丰富起来，多了一些层次感，更加养眼了。两棵梨树王被圈围起来，旁边竖立着的几个磨盘给人极大的美感，上面镌刻着"驿路梨花"4个大字，很多人在树下拍照留影。

沿着山坡向上攀登，不一会儿就气喘吁吁，但好在我们是从半山腰起步的，这儿距离山顶并不太远。路边除了梨树外，还站立着一些高大的柿树，枝干黢黑，还未生长出枝叶来，但弯弯曲曲的树枝在蓝天的背景下，像画家笔下皴染出来的。地上苦菜已经蓬勃生长，亲昵地紧贴地面，感念着大地母亲的滋养。一种叫"刘家嘴儿"的植物高昂着细细的脖颈，顶着一朵或几朵嫩黄的花朵表示欢迎。

再有几步就到山顶了，左边有一片地面湿湿的，走近一看竟然正在往外渗水，原来是一处泉眼，有细流在流出不远后又钻回了地下。

山上整体看一马平川，土地上还留有些许站立的谷子、玉米秸秆，可以看出前一年秋天的丰硕收成。地边有多处已经倒塌的房屋遗迹，悬崖边也留有围墙和寨门模样。清末民初多次闹土匪，这上面曾经建有居住400多人的山寨，四面设有寨门，每门都架有火炮。有一次，土匪到了南面的高寨山下正要进攻团圆塂，南门的炮手点燃了火炮，火药带着用废旧的生铁犁的镶头砸碎的铁粒飞去，巨大的威力让土匪们胆战心惊，四散逃去，从而保住了山寨的安全。还有一次，土匪夜间攻山，发现山顶一圈全是灯笼，吓得赶紧退走了。在新中国成立后很多年里，山顶一直住有几十户人家，在公社时期是一个100多口人的生产队，耕种面积百余亩。山上泉水丰富，有多处清冽甘甜的旺盛水源，足以供人畜吃水，也能浇灌部分土地。

笔者走过一片田地向北边而去，接近山崖边缘的时候，整体仍然是平的，但中间有长长的断裂，要想越过需要一些胆量，不跨越过去又觉得有遗憾。最终还是抖起精神，用力跳过了这道裂缝，来到山崖边。北面半山腰的缓坡上，有一块从悬崖上掉落下去的巨大石柱躺在那里，仔细看也好似一个巨大石人。而来到山顶东边，却是一片茂密的赤松和黑松林，这片树林间布满荆棵、酸枣等，也散乱分布着一些石灰岩石块，让我们可以坐下来休息一下。刚坐下不久，一只野兔突然蹦跳着跑远了，人的到来惊动了它，几只山鸡也扇动着翅膀飞起来，由于山上很安静，那翅膀扇动发出的唰唰声显得有点大。

在这座山的西北坡半山腰有一块平台，这里发生过一个吃了和尚饿死狼的故事。过去有个和尚在这里居住，房子是用石头棚起来的，但留有一个小口，用一块石板做门。有一年冬天下了大雪，天气太寒冷了，和尚忍不住下山打来酒御寒。可能是酒喝得多了，石板门没有关严实，留下了一条缝隙。晚上一只饥饿的狼钻进来，把和尚吃掉了。狼瘪瘪的肚子鼓起来后，怎么也钻不出那条缝隙，这只狼急得乱撞石门，最后竟然把石门撞得彻底关闭，最后这只狼也饿死在石屋中。这个故事因包含深刻哲理，在附近流传甚广，几乎是家喻户晓。

团圆崓本身也有一个"打开团圆崓，富了沂水县"的传说，传说崓下藏有宝贝，悬崖上有东南西北4个山门，只有石姓且有10个儿子的人家才能打开。有1户石姓人家有9个儿子1个闺女，就让女婿冒充儿子去打开了山门，在里面把金银财宝装满袋子后，女婿看见有金人金马在推碾，碾盘上全是金豆子，就又忍不住停下了脚步，岳父喊他："他姐夫快走，再晚就出不去了！"这一喊暴露了真相，石门立刻闭上了，他们被永远关在里面，此后山门再也没有打开过。

改革开放后，生活逐渐好起来，山顶人家已搬到山下居住，团圆崓上的古村落就彻底消失了。站在这安静的山顶上，放眼东南方向，那儿是著名的沂蒙红嫂纪念馆和常山庄影视基地。由于交通方便，游人经常路过团圆崓下，车头梨、柿饼、山楂，各种中药材等都成了抢手货。从团圆崓上搬下来的人们，生活逐渐富裕，已经今非昔比了。

双　泉

高　军

双泉峪子东山叫八宝寨，西山是棋盘山，村子位于两座大山之间，又有两个非常旺的泉子，所以叫作了这么一个名字。

说起这两个泉子来，可就有说头了——

当年泰山老母奶奶四处巡游的时候来到了这一带，她想在这一方土地上建一处自己的行宫，以便保佑周边的百姓四季平安，子息繁盛。

泰山老母，也叫泰山娘娘、泰山老奶奶等，就是天仙玉女泰山碧霞元君，简称碧霞元君。道教认为，碧霞元君"庇佑众生、灵应九州"，"统摄岳府神兵，照察人间善恶"，是道教中的重要女神，中国历史上影响最大的女神之一。泰山老母本在泰山憩居，到各地巡游称为"出巡"，出行时居住的宫室叫行宫。

她对自己的行宫当然很重视了，所以她想考察一下，看看当地民风如何，因为选择好的邻居太重要了。

这天，她化装成一个老太婆，穿着破衣烂衫，身上散发着熏人的臭气，用扁担挑着两个破筐，从北向南走来。

这个地方往北全是大山，夏天雨水充沛，经常山洪暴发。可是一到其他季节，山溪断流干涸，老百姓吃水都很困难。泰山老母来这里的时候，已经3个多月不见一个雨星了，庄稼都旱得卷曲了叶子，再过几天就能点着火了的感觉。

泰山老母觉得患难见人心，越是这个时候就越能看出人的本性来呢。

走到北边一个村子的时候，恰好是中午了，她慢慢放下挑子，在一户门口用破衣袖擦了擦肮脏的脸面，"呸"的一声朝地下吐了一口黄黄的黏痰，一群红头绿身子苍蝇嗡的一声飞了过来，趴在了上面。然后她毫不在意地用黑黑的手抹了抹嘴唇，把已经流到鼻子下的一溜黄黏鼻涕哧溜一声又收回去了。这种埋汰样子，你说说谁见了不恶心啊。

随着院子里狗的叫声越来越高，家里的主人也被惊动了，只见一个穿得还算光鲜的妇女走了出来，一看到这样她马上捂着鼻子，把头转到了一边，另一只手使劲摆动着，非常不耐烦地撵着她："快远点，快上一边子去，也不嫌腌臜人，你把俺臭死了。"

"好人啊，你就行行好吧，你看我这么一个老婆子，也怪可怜见的，你就舍我一瓢水一口饭吧，过了这个村我到哪里去找下一个村啊，再说了我也已经走不动了啊，没有一点力气了啊。"泰山老母不断哀求着。

可是这个女人一点怜悯心也没有，更加高声地呵斥起来："你这个老不死的，天旱得要死，也不睁开你的大眼看看，谁家不是吃了上顿没有下顿，哪里还有什么闲饭给你吃啊，麻利的你爱上哪里发财上哪里去吧，千万别在俺家门前恶心我了。"

吵吵嚷嚷时间长了，村子里逐渐围上来了一些人，男女老少都有。有些人脸面冷冰冰地看着她，有个别恶毒的女人还向她身边一口口地吐着唾沫，有些淘气的孩子甚至不断向她身上投掷石块和土坷垃。看她两只胳膊高举着护着头部，躲躲闪闪的样子，人们都放肆地笑起来。这时候又过来了几个男人，大声吆喝着："赶紧滚走，要是再在这里就放狗咬你了，你们赶紧把狗放出来，看她还敢赖在这里不！"几个人真的要回去了，她吓得赶紧挑起两个筐子来，向村外走去。

就这样经过了几个村子，她的遭遇几乎一模一样，不见有人对她发点慈悲之心。

日头偏西，她走到两座大山夹着的一个山峪里，来到一户人家，小草房趴趴着，光光的干茬墙，有一种摇摇欲坠的感觉。她在门口吆喝道："家里有人吗？"门口里半门子上面显出了一个人影，随即马上开门走了出来，原来也是一个女人，这个女人脸色平静，好像根本没有看到她容貌肮脏的样子，而是和她打着招呼："您这是从哪里来啊？快家来歇歇脚！"说着转身开了半门子，往屋里热情地让着。但泰山老母没有往里迈步，嗫嚅着说："你看我这个样子，就不进去了，能舍点汤饭我就感激不尽了。"几次招呼后，见她没有进门的意思，女主人快速地搬出来了板凳让她坐下，随即倒来了一碗开水："先喝口水歇一下。你也还没吃中午饭吧？家里没有什么好吃的，就是过的吃糠咽菜的日子，凑合着吃一点吧？"在她喝完那碗白开水后，女主人就端来了一碗黑黑的豆沫菜，几个干煎饼。泰山老母又向她家中扫了一眼，知道这是她家最好的东西了，这个女主人都不太舍得吃，是留给在田间出大力的男人的。她显出饥饿的样子，狼吞虎咽地几口就扒拉下去了。

村中来了外人，邻居们听到的也凑了过来，看到这个可怜的样子，这个回家捧来一捧柿饼，那个回家抓来几把谷子，都是那么热情好客，和前面几个村庄形成了鲜明对照。

泰山老母试探出了这里的人心，看到村里缺水的严重情况，就将挑着的两个筐子往村前平地上挪了挪。看着破破烂烂的样子，这次她一放下竟然变成了两个咕咕嘟嘟往外冒水的泉子，里面有取之不尽用之不竭的甘甜泉水。大家正惊奇不已的时候，泰山老母已经悄然离开了。

后来，泰山老母决定把行宫安在西南不远处的艾山上，可是她因为忘了自己身下的那座山头，怎么也数不够100座山，所以就去了更远处的泰山。

因为这段传说，这里的村庄有了泉水，也有了村名，并且这两汪泉水直到今天还在为村子里的老百姓造福呢。

（2018年9月25日）

吃了和尚饿死狼

高 军

在马牧池乡团圆墁东山坡上有一个地方叫石屋坟。表面看来就是一个黄土堆，和当地很多坟墓似乎并没有什么区别，但黄土下埋着的是过去的一间石头屋子，所以这里的地名就叫石屋坟了。

石屋里住着一个从外地来的老和尚，他是什么时候住进来的大家也记不太清了，反正好像顺理成章地他就在这里住下了。老和尚为人和善，总是一副慈眉善目的样子，平常在石屋子里念经修行，有时候也会走下山来和周边村子里的人说话拉呱，大家相处得很平和安稳。

话说这年冬天天气奇冷，一场大雪覆盖了整座团圆墁大山，远远近近、高高低低一片洁白，连南边那曲折蜿蜒的汶河也都被冻住变成了一条玉龙。

天气这么冷，大家就很少出门了，后来天晴雪化才又走出来在向阳的南墙根晒日头。可是一天天过去，以前常下山来和大家拉呱的老和尚却一直没有出现在人群中，开始大家还觉得他要么是怕冷不出门的，要么是在那里青灯黄卷用功呢。时间长了，人们就觉出了异样，这天有个蹲在南墙根晒日头的人突然冒出了一句："这老秃头不会被狼吃了吧？"过去，团圆墁一带树木茂密，山头上山坡里山旺中都生长着各种各样的树，多种多样的野兽时常出没，狼拉着尾巴到处游荡有时候会被人们错认为是狗呢。他的这句话引起了大家的重视，都觉得有必要上石屋那里去看看老和尚，于是就结伙向那里走去。

大家来到老和尚居住的石屋前，发现石头大门紧紧关闭着，有人上前用力推了推，石门竟然纹风不动。过去并没有人敢开和关闭过石门，只是看到老和尚经常很轻松地开和关，并没有想到会是这个样子。大家商量了一下，觉得还是得打开石门，以便弄清楚老和尚的情况。于是所有人聚集到了石门前，一起用力才终于打开了石门。

逐渐适应了屋内的光线后，人们看清楚了石屋内的情景。眼前的场面让大家惊呆了，人们张着嘴半天都说不出话来。只见一只狼在石门后躺着，身体已经变得僵硬了，显然已经死去多时了。更为可怕的是，在屋子中还有一具人的骨骼框架，白白的骨头上光光的，已经没有一丝肉存在的痕迹了。大家根据其身高断定，这架骨骼应该就是老和尚的。原来，老和尚果然是被狼吃掉了！

大家觉得太不可思议了，搞不明白石门这么沉重狼是怎么进来的，更搞不明白的是狼吃了人怎么不走最后竟然也死在了这里？

大家围着门推推关关，反复试了几次才弄明白了事情的来龙去脉，当时应该是老和尚没有关好门而饥饿的狼从门缝里钻了进来，饿狼对手无寸铁的老和尚实施攻击后扑倒了和尚，然而吃饱

后的狼肚子变大了再想从门缝里钻出去根本不可能了，再说了狼
是不会往自己这个方向拉动门板的，只能用头和身体去撞击石头
门板，结果是不但不能打开门，反而连原来有的门缝也被它撞得
关死了。在这种情况下，这只狼只能接受现实，待在石屋里了。
最后是它把老和尚彻底吃掉了，再后来在这间石头屋子里再也找
不到吃的东西，它自己也慢慢被饿死了。

　　大家围在这里，难过伤心了半天，最后决定就地把老和尚的
骨骼埋葬。于是大家拿来工具，用黄土慢慢把石屋掩埋了。随
后，周边的人就管这个地方叫作石屋坟了。

　　更让人们感慨不已的是这件奇特的事情背后昭示出来的深刻
道理，所以四周的百姓中至今还流传着一句充满哲理的通俗话
语："吃了和尚饿死狼！"

白马梁

高 军

在马牧池乡柳洪峪村南，有一条向西拐的山梁，上面有些白色的石块，当地百姓都管这里叫作白马梁。

在清朝后期，隋家店八楼刘家族富甲一方，成为当地远近闻名的大户人家。但他们依然谦和待人，晴耕雨读，扎扎实实地过着朴实无华的日子。

白马梁这儿是刘家的放马场，后来成为主事老爷的刘遵和，小时候曾撵着自家的马来这里放牧，和这里结下了不解之缘，并留下了一段佳话。

刘遵和，字子中，号春台，生于清乾隆四十四年（1799年），6岁进入家塾学习，能率领诸弟晨昏定省外，专心于认真读书。他师从于塾师祖建安。祖建安系双泉峪子人，学识渊博，教授有方。刘遵和举嘉庆进士，任户部主事等。

经常从事放马这类的农家活儿，对他的读书生活起到了重要作用，也丰富了他的诗歌创作题材，如他就写下了《戏咏栗蓬》："都识蓬中栗满科，层层包裹刺仍多。从来利实终难秘，莫恃人无奈尔何。"《蚕蛹》："蝉何事业蚓何功，饮是黄泉吸是风。怜尔丝纶包裹厚，劳劳幻死梦生中。""现身变化在当场，善运丝纶善自藏。未及功成已解看，簇中早谢女儿桑。"《水皮一棍》："手把长竿击碧流，一声惊破五湖秋。千层细浪开还合，万颗明珠散复收。波内鱼龙沉海底，江边凫雁起滩头。可（早）知此处难垂钓，再整丝纶别下钩。"等充满农家生活气息的优秀作品。

那个时候，刘遵和的日子也是很讲究的，家里养的10匹马全是纯白颜色的，刘遵和就是赶着这群白马经常来这里的。

每天他把这群白马赶到这里后，就让他们散乱地在这座山梁上随意吃草，只要不超出自家的山场基本上就不用过问了。在他的记忆里，自家的马似乎一直很懂事，从来没有惹过什么乱子，更不会偷偷摸摸地去啃噬庄稼。所以他每次赶着马匹来到这里后，就会在山坡上找个遮阳的地方，捡一块平滑的石块坐下来，开始温习四书五经、唐诗宋词等，一学就是大半天，绝对能学得进去、学得深入。在这里放马，一点也没有影响他的学业。

从某一天开始，少年刘遵和突然发现了一个奇异现象。在他读书的间隙里，为了休息一下自己的眼睛，也为了让自己的头脑清醒一下，他每天都会多次抬起头来，看看天空变换的白云，看看山下流水、土地和村庄，当然更多的是看看山梁上的青草、绿树和自家的白马。这一次他觉得自己竟然看花了眼，把1匹马看成了两匹，10匹马竟然变成了20匹。他仔细地数过来数过去，数了多次以后竟然还是20匹。刘遵和自幼聪慧，少年老成，髫龄就有成年人之风。发现这一神奇的事情后，他并没有声张，而是不动声色地偷偷观察着，想弄明白到底是怎么一回事儿。可是当他再次抬头看的时候，山上竟然还是10匹马。

下午他赶着马群回家的时候，怎么看也是10匹。在回家的路上，他又怀疑起自己来，觉得自己就是看花了眼。可是第二天，他又看到了山坡上是20匹。连续多天，山坡上总是能看到20匹，往家赶的时候就是10匹。

后来他终于明白，其中是有10匹神马和自己家的马掺和在一起，共同吃草、喝水、嬉戏。刘遵和觉得，神马和自家的马能在一起玩耍，是吉祥的标志。所以他就不大惊小怪，还总是善意地爱护着它们，小心地防范着其他人。

可是，这件事慢慢被一些人知道了，当然大多数人都对神马有一种敬畏心，不会产生非分之想。

但是，附近一个姓王的财主贪婪心被激发出来，他藏在别人看不见的地方偷偷观察着有关情况，并且逐渐摸清了哪10匹是神马哪10匹是刘遵和家的，他开始琢磨，总想抓获神马放在自己的家中，哪怕抓到1匹也行啊。这天，他早已藏在了马匹来喝水的一个大泉子跟前的一块石头后边，耐心等待着这些马的到来。

刚过了晌，这些马陆续过来饮水了，它们散乱地围着泉水悠闲地低着头，喝得很滋润。姓王的财主瞅准1匹神马，猛然蹿出一下子把神马脖子套上缰绳，想把这匹神马拉回自己家里去。可是他哪里会想到，神马怎么能被随意抓住呢，他肯定是昏头脑了。这匹神马立即警觉，它抬起头来的同时长嘶一声，腾身往远处跑去。姓王的财主被拖出去几步的同时，咔嚓一声被马蹄踢中一条大腿，他随即被甩出几丈远，肋巴骨又被石块撞断几根。

随着这匹神马被惊扰和跑走，其余九匹马也都转眼之间消失了踪影。刘遵和第一次亲眼看见神马的消失，也是最后一次看到神马的踪迹，此后，神马再也没有在这里出现过。

姓王的财主好歹保住一条命，但大腿骨怎么也没有接续上，痛苦地耷拉着一条腿过了一辈子。

这座山梁慢慢被叫作白马梁，山梁上散落的一些白石块，据说是神马逃走时候断掉的马缰绳形成的呢。

（2018年10月31日）

卧牛山

高　军

　　马牧池乡有座卧牛山，卧牛山往西有一座山叫小王山，小王山上有一个山洞，当地百姓都叫它王鳌洞，传说当年王鳌曾在洞中居住。卧牛山的来历也和王鳌有关，且听笔者慢慢道来——

　　王鳌其人在很多地方被称为王鳌老祖，据说他是王禅老祖（也就是鬼谷子）的兄弟，也有人说是鬼谷子的曾祖父，因为他俩都已经被神化了，所以人称其为老祖。从战国到唐宋一直到如今，很多地方都有他的传说。比如传说薛丁山、杨藩、呼延庆等皆是他的徒弟。在《说唐全传》《薛丁山征西》《隋唐演义》等众多历史演义小说中，皆言薛丁山是王鳌老祖的徒弟，说是当年薛仁贵征东荣归故里的时候去见夫人，没想在半道上遇见了在射大雁的薛丁山，薛仁贵非常喜欢这个可爱勇敢的小孩子。一只独角牛头怪突袭薛丁山，薛仁贵想救却救不了。一番波折后，是王鳌老祖将薛丁山救了去，并且收其为徒，传其武艺，以及兵法等。这样说来，王鳌就是一个好人，就是一个好神仙了。

　　可是在这里，对于王鳌的传说却是另一种样子。

　　他为人邋邋遢遢，整天蓬头垢面，穿着破衣烂衫，身上散发出一阵阵馊臭味，很多人见了他都会躲得远远的。冬天气温暖和的时候，他会从居住的山洞里出来，坐在洞口的石头上，敞开怀从衣服上到处里扒拉着找虱子，每当找到一个就将它放入嘴中嘎巴一声咬碎，看到那已经吸了人血肚子鼓得圆圆的虱子被他一个一个放入嘴中，甚至嚼得嘴角上都是鲜红的血迹，很多人都恶心得当场呕吐不止。

过去时兴早晨天不明就起来推磨，很多小孩子睡得懵懵懂懂的就被父母叫起来跟着大人推摊煎饼的糊子，围着磨道一圈一圈单调乏味地转着，有的转得晕头转向呕吐不已，有的甚至哭起来。这个时候，父母会吓唬他们说："再这样，快叫王鳌领走吧。"这些孩子都会咯噔一下，立即就不这个样子了。你说说，王鳌的可怕程度到了什么地步就知道了。时至今日，当地一些人还是这样吓唬孩子呢。

王鳌还有一个毛病，就是喜欢偷东西。那个时候，他已经很有道业了，对他这个毛病大家都无能为力，又是恨又是怕的，但只要摊上了就倒了霉了。

这天晚上，王鳌从王山上下来进了横河村，把他早就看中的一头牛从牛棚里牵了出来。事情也怪了，老牛见了他的面，也不会叫了，也不会反抗了，就知道老老实实地跟着走。他手里端着一个簸箕，谁也不知道那是做什么用的。就这样，这头牛跟着他往村子东边走去。王鳌很有心计，他不是直接回王山的住处，而是想转个圈子再回去，这样才能不被大家发现啊。

王鳌手里动作着，嘴里小声嘟念着："拍一拍，走一百。抻抻牛尾巴稍儿，围天转一遭儿。"只见这头牛被他使劲一拍，随着他的话音一下子真的窜出了100里路；紧跟着第二句话他扯了扯牛尾巴，这头牛就从地上腾空而起飞到天上去了。

但是，王鳌的这些动作都是迷惑人的，他的最终目的是要把这头牛赶回王山上的。待到牛在天空转了一遭儿回到地面的时候，他就准备回他的山洞了。这时候，他把手中的簸箕高高地扬了起来，嘴里嘟囔着："朝腔一簸箕，瞒山就过去。"

本来随着他的指挥，这头牛是会从横河村前的这座山上腾空飞越过去直奔王山而去的。也是碰巧了，老家是横河的秃尾巴老李恰巧这个时候奉玉皇大帝之命，回山东来降冰雹砸老百姓庄稼。李龙王正在心里窝火呢，都是乡里乡亲的，怎么能毁坏养家糊口的庄稼呢？老百姓已经付出辛勤汗水，眼看就要收获，说什么也不忍心啊。他看到王鳌正在做的这件事，就对着已经离开地面的老牛脊背按了一下："哪里去？"结果在两股力量的作用下，这头牛虽说降低了位置，但还是有向前的惯性，竟然带着嗖嗖的风声一头钻入了这座山中，牛头在西面露了出来，尾巴在山东头还耷拉着呢。

李老爷看到这种情况，也就不再多管了。王鳌一遍遍地配合着动作，口中念念有词："拍一拍，走一百。抻抻牛尾巴稍儿，围天转一遭儿。朝腔一簸箕，瞒山就过去……"可是不管他费多少力气，这头牛是嵌在了大山之中。李老爷一下子想出了办法，于是将碾砣子一般大的冰雹全部下在了这座山中，用模糊字音的方法应付玉皇大帝说，是他让自己把冰雹下在山中的。

从此以后，整座山就像一头牛一样卧在那里，所以这座山有了卧牛山的名字。

多少年过去了，牛头牛尾经过风吹雨淋日晒，都不见了模样，但整座山还是一头牛的样子，所以至今仍被叫着这个名字呢。

（2018年10月31日）

八亩地的故事

高 军

皇姑山北面正对着的一个村庄是水帘峪，水帘峪东边有一座山叫八亩地。这座山上的山峪常年流水不断，流经村子中央，向下流去。特别是冬天，水流在半山腰经过那一片石崖，因为是一段缓坡，极容易结冰，所以会形成一条宽八九米、高百余米的白色冰川，形成一处蔚为壮观的奇异景观。在山峪下面有一个大泉汪，清澈甘甜，冬暖夏凉。夏天，喝一口山泉水，暑意全消，浑身通泰。八亩地这座山海拔633.8米，是一座不矮的山。

夏秋时节，八亩地时常云雾缭绕，好似戴上了一顶帽子，会时常降下来一场好雨，周边的村庄会普降甘霖，远处的就不会有这种情况了，所以这里的百姓都说是正南边皇姑旺的皇姑给下的偏雨，叫作七十二场浇花雨。

为什么叫八亩地呢？就是山顶上非常平坦，土地肥沃，又加上每年都会有的七十二场浇花雨的滋润，所以气候湿润，草木茂盛，奇花异卉不断飘荡出阵阵香气，小鸟翩跹上下，是一处非常漂亮的山峦。

皇姑从天上下凡以后，一直尽心保佑周边的群众。这里从来不下冰雹，常年风调雨顺，粮食丰收。日本鬼子侵略咱们的时候。一次大扫荡，周围的老百姓都躲到了皇姑山顶上，鬼子兵攻上了山顶，包围了群众。有一个董家庄的村民，因为对日本鬼子充满气愤，进行抗议和反抗，被鬼子推下了山崖，都认为他活不成了，结果从山上滚落下去，摔倒在山脚下，却仅受一点轻伤。有些人就说是皇姑保护了他。他每年都去烧香焚纸，磕头礼拜，感念了一生。还有一次，是三四十年前了，有一个十五六岁的小女孩，到山上拾柴火，擦脚落下了山崖，把一起去的其他同伴吓得又哭又叫。在皇姑脚下找到这个孩子，也是只有小伤，并无大碍，这里森林覆盖率高，植被茂密，负氧离子含量多，人们一般不会生病，长寿老人也多。多少年来，这种种说法越传越神。端坐在悬崖上的皇姑，心里也是很高兴的。

有时候，皇姑也会离开这里到处走走，游览欣赏一番大自然的美景，她去的最多的地方就是八亩地，站在山顶上往北看去，是和这里差不多高的一座叫高板场的山，雄鹰在两座高山之间时而高飞，时而滑翔着潜入山谷，狼虫虎豹和谐相处，小鸟在树林深处鸣叫出各种声调，一阵山风刮来，让她倍感身心爽快。从近处的脚下，一直到目力所及的范围内，到处都是奇花异草，迎风摇曳，各种颜色的蘑菇在小草间、树木下露出身影，山顶香气馥郁，直往鼻孔里钻。皇姑一直把这里作为心灵休憩的理想场所，她觉得这里和自己过去生活的天宫相比，有过之而无不及。由于她经常光顾这里，后来逐渐被周边的老百姓知道了，大家就叫这里是皇姑花园了。

尽管这里民风淳朴，人们大多心眼好，为人好，可是也有个别坏人生发出一些杂念，对皇姑的美貌觊觎一番。皇姑自有防身

之术，所以大家都知道，皇姑只可远观而不可靠近亵渎，一次有
个人用石头打破皇姑的胳膊，石头上出现一片白色斑点，结果他
回到家中的时候，自己父亲的胳膊已经不能动了，他吓得赶紧回
去又是烧香又是烧纸，跪在地下不住地祷告求饶，心灵得到慰
藉。后来他的父亲病好，他们一起来又表达了一番谢意。

玉皇大帝是最不放心自己的这个六女儿的，所以在她决定不
回天庭以后，已经及早为她派来了保护之人，平时有南北两个石
将军负责她的安全，她外出游览的时候也各有负责的，比如在皇
姑山以北1里多远、在八亩地以南的地方，有一个巨大的石头，
在远处看就是一个惟妙惟肖的军人形象，他就是皇姑外出游览时
候的贴身护卫呢，他站在这里唯一的职责就是保护皇姑安全。

周边村里的人会告诉外来人，他们经常观察远处端坐着的皇
姑，有时候皇姑旺里真的就不见了皇姑的身影，这个时候十有
八九就是皇姑去八亩地游玩去了。

（2018年9月17日下午）

油篓石的传说

高 军

皇姑降临人间的时候，不但带来了白面，还带来了食用油，都是为了让老百姓过得更好一点呢。

现在在皇姑山东北不远处的山崖上，有一块巨大的石头分为两部分，下面是肚子略微凸出的油篓的形状，上面摞着一块薄板形状的石块，就是油篓的盖子。这里叫油篓石，是当年皇姑来的时候放置在这里的。那个时候，周边的住户只要需要食用油了，来这里取用就是了，后来，这里却不再出油了，这是什么原因呢？

且听笔者慢慢为大家道来——

早期人心淳朴，大家真的家里吃不上油了才提溜着小油罐来这里装上一点，第二次来的就都充满了惭愧之色，一般没有第三次来的。因为大家都觉得自己不能不劳而获，回去后更加勤奋地劳作，更加精打细算地过日子，慢慢生活就都有了好转，也就不用到这里来装油了。

皇姑高高地坐在皇姑旺里，慈眉善目地观察着每一个来了又走了的人，所有人的所作所为她都看在了眼里。

后来世风日下，人心不古，有些人开始变得贪婪。这个油篓虽然不小，但后来有一个人不用小油罐来装油了，而是挑着两个大罐子来想着尽量多往自己家里挑。皇姑不但看到了他的挑子，更看透了他的内心世界发生的变化，这个人的心已经改变了颜色，逐渐开始变得黑起来。如果此风传播开来，整个世界会变得难以收拾，人心会只容下自己，不会再考虑别人，更不会为别人着想一丝一毫。

皇姑觉得不能这样下去，于是就侧过脸对着这个油篓吹了一口仙气。当这个人打开油篓盖子的时候里面就是空空的了，他使劲弯下腰，撅起屁股来，头都伸到油篓里去了，还是不能舀上来一滴油。不一会儿，他就憋得脸红脖子粗，大口喘着粗气直起了身子。他还是不甘心，略微休息一会儿，头又钻进了油篓里，结果还是和上次一样，一点收获也没有。

又过了一会儿，另一个提着小油罐的人来了，只见他很省事地一伸手就装了大半小油罐，脚步轻松地就要离开了。这个挑挑子的人眼睁睁地看着，有些发呆，过了一会儿才反应过来，赶紧追上去看了看他的小油罐里面，确实灌了大半罐清亮的食用油。他拉住这个人的胳膊："大哥大哥，这里面还有油吗？"这人被吓了一跳，转过脸来："怎么？里面油满满的啊！"他看了看这个人沮丧的面色，又看了看他挑来的两个大罐子，才终于明白了，指着一边的两个大罐子，朗声笑了："老弟啊，你这是想……哦，你这是想把油篓里的油都搬了自己家里去啊，哈哈哈你也太好笑了，油篓里的油随时可以取用，你也值当地费这个力气！"这个人脸上一红，慢慢低下了头，提溜小油罐的那人"哈哈"笑着已经走远了。

真是贪心不足蛇吞象！这个人到了这个时候还是毫无悔改之心，竟然再次来到了油篓跟前，还是想再次装满自己的两个大罐子。

皇姑已经对他进行了多次警示，可他还是一点也没有警醒之意，皇姑嘴角往外一撇，好似冷笑了一声，又对着这个油篓吹了一口仙气，他走上前看到的油篓里竟然又是满满的油了。

这个人一下子又变得兴奋起来，他狠狠地舀起满满一大瓢，快速向两个大罐子里灌装着，由于激动和贪婪竟然倒在了罐子外边很多。当他装满两个罐子的时候，突然发现地下有一个个金黄色的大小不一的黄金蛋蛋，他抓起来一看，竟然都是黄金。他一下子愣住了，眼睛使劲眨巴着，想了半天似乎有点明白了，但又觉得不可思议，最后一跺脚下定了决心。他拿起瓢子来，想了想又放下了，直接提起罐子来，使劲一掀罐底，将整整一罐子香气扑鼻的金亮亮的食用油泼在了地上。只见泼出去的油翻滚着，快速地变成了一个个大小不一的金蛋子。这个人可高兴坏了，他快速地捡拾着，往罐子里装着，恰恰装满了两个罐子。

他还是没有离开，而是又来到了油篓跟前，拿着瓢子往地下泼着，泼到地上的油也是都变成了金蛋蛋。

他高兴地一蹦老高，皱着眉头想了想，先把地下的金蛋蛋归拢了一下，藏在了油篓一边的一蓬草棵子里，然后爬上大油篓把盖子严丝合缝地盖上了，他想了想还不放心，就又好好盖了一次，才挑起挑子往家里走去。

回到家中放下挑子，他拿起两条口袋，用扁担背着两个托子，准备回去挑更多金蛋蛋来。

当他回到大油篓跟前的时候，觉得好似有些异样，仔细观察，原来是油篓盖下面的缝隙里在这么短的时间里已经长满了一种叫万年蒿的植物，他搬动油篓盖怎么也搬不开了。

他抬头看了一下远处的皇姑，皇姑的脸上正露出一种冷冷的嘲讽神态，他猛然间打了一个冷战，浑身起了一层鸡皮疙瘩。

他赶紧来到藏金蛋蛋的草棵子跟前，扒开一看金蛋蛋全部变成了一堆石块，他飞跑着回到家里两个大罐子里也全部都是石块！

后来大家都说，万年蒿是皇姑扔过来封油篓的，油篓需要等一万年以后才能再次打开，皇姑是用这个办法来警示人们不要贪心呢……

（2018 年 9 月 17 日晚）

吉利沟漫话

高　军

　　吉利沟村包括吉利沟、黄墩沟、老牛沟3个自然村。前几年行政村合并，又与桃花峪合并成一个行政村，统称桃花峪村了。过去的行政村吉利沟也进行了部分村民搬迁，老吉利沟自然村原址上也已经很少有人居住了。村庄的变迁，地名的变化，都包含着很多历史文化信息，是乡愁的重要组成部分。

　　吉利沟北面是一座高山，山上奇石耸立，泉水淙淙，树木茂盛，飞鸟潜翔，鲜花怒放。山坡上从西到东有名的奇石就有摞石、对石、羊石、牛石等。摞石在马牧池乡的山上有很多处，就是两到3块石头上下叠压在一起，这里的摞石是两块摞在一起的，看似很危险，但千百年来始终就是这个样子。人们传说，这是一个大粮囤，顶上那块石头是粮囤的盖子。对石是两块高度大体一致的两个人形石头相对而立，好像夫妻举案齐眉、相敬如宾的样子，在村里人的心目中是非常神圣的，如果有人去动这两块石头，就等于亵渎了神圣的男女感情，破坏了夫妻恩爱的基础，村里就会出现男女光棍。羊石和牛石也都栩栩如生，惟妙惟肖地站立在山坡上。家庭有了牛羊和丰盛的粮食，那还不安稳幸福美满？所以清朝道光年间，有几户齐姓人家从桃花峪搬迁到这里繁衍生息，到了立村的时候，就起名叫作了吉利沟。《沂南县地名志》记载说："根据地势以吉祥言取名吉利沟。"根据的地势，主要指的就是北山上的这4块奇石。

　　几乎同一时间，还有几户齐姓人家也搬了过来，但他们选择了离北山更近的山前怀落了脚。村旁有一条沟，是耕牛避风饮水的好场所。村后还有洼下去了一块的地方，呈长方形，怎么看也像一个老牛槽。农耕时代这样的立地条件是非常好的。更为奇特的是，有一年村子里有个人到地里套牛犁地，他右肩上搭着长长的牛鞭，鞭把儿耷拉在胸前，左手扶着犁把儿，板结着的土地随着老牛的步子，向外翻卷着，泥土的芳香不时钻入鼻孔，脚下踩着的新土很是滋润，让人觉得非常舒坦。耕着耕着，这个人的脚下一滑，好似踩到了一块光溜溜的硬物。他吆喝着两头牛歇下来，弯下腰把这个东西拾起，竟然是一个黄灿灿的小牛，他心里想别是金子的吧，于是他向有水的沟边走去。来到水边，他慢慢蹲下来，把这个物件放到水里清洗，由于金牛表面光滑，上面又附着了一些黄泥，非常滑溜，所以他一不小心，这头金牛就落入水中。他很着急，探着身子想再捞起来，可是这头金牛好似真牛一样活动起来，在水中四蹄迈动着快速往前走去。他怎么也够不着了，只能眼睁睁地看着金牛跑向远处，消失了身影。这事逐渐传开，引起了有些人的私心，有的就开始来挖沟寻找金牛，结果金牛没有找到，反而疏浚出一条更宽的沟来，这条沟里常年流水不断，滋润着两边的土地，粮食连年丰收。虽然没有找到金牛，但大家的日子过得并不孬，后来这里叫作了金牛沟，随着世事的变迁，逐渐演变成了老牛沟。

再往西南方向，有一座黄色的大墩子叫作黄墩。到了光绪年间，前面的沟里又搬来了一些桃花峪的齐姓人。黄墩前面那条常年流水不竭的小沟叫黄墩沟，立村的时候这里也就叫了黄墩沟村。黄墩是一个黄色的大墩子，从远处看就是一个放在地上的大斗，好似盛满了金灿灿的粮食。

在吉利沟老村东北的另一条沟里有一个大泉子，有的人也叫它老渊子，水很清澈，但怎么也看不到底，据说里面有个老鳖已经成了精，修炼成了"黑狐子叫"。"黑狐子叫"是一种民间传说，就是经常发生一些奇异事的地方。老年间人烟稀少，动物们自由自在地生活着，经常会和人类开一些无伤大雅的玩笑。这里就发生过这样的事情，有人晚上要是从附近经过，老鳖精就会扔石块打招呼，如果大惊小怪，甚至骂骂咧咧，越跑石块会飞来得更多。但是不管发生了多少次这样的事，从来没有伤到一次人。如果别慌乱，好好说话："干什么呀，别扔了啊。"也就没有动静了。甚至听到一块石头飞到近处，连理也不要理，也就不会有第二块了。这种情况的存在，让大家有一种神秘感和敬畏感，不断被津津乐道着。后来人烟越来越多，动物们越退越远，逐渐与人拉开了距离，这里的"黑狐子叫"也不复存在了。村里很多人说起来，好似都有了一种失落感。这大概是怀念流失岁月的表现，更是怀念一种人与自然和谐相处的愿景吧。

吉利沟村就像散落在大山深处的一颗璀璨明珠，能给从这里走出去的游子几多牵挂思念，也能给外来人几多惊喜……

(2018年9月18日)

奇特的鸡子山

梁少华

　　马牧池拔麻村卧在一圈山的阳面，在村的后面有一座奇特的山峰，风景独立在霭霭的晴岚里，远眺此山，像块块卵石堆砌而成，超大圆石一个个状如鸡蛋，来得突兀，与拔麻村附近山上的石头风格迥异，鸡子山的石块全是形圆孤立的卵石，像是从其他地方滚来的一样。其石缝间草木重覆，郁郁苍苍，独处群山之前，可以美我目、悦我心、动我情。其秀美诱人之内质，为人称道。因山上众多圆石裸露突起，形似鸡蛋，故当地人都喜称它"鸡子山"。

　　据说远古时代，方圆是一片海洋，成群的海鸥觅食栖息在此。前些年，又有村民在耕种田地时，还整出过巨大的锚，因此村民更认定这里就是沧海变成的桑田。

　　相传秦始皇筑长城，不知累死饿死了多少老百姓，观音娘娘便扮成民女来到人间寻声救苦，只见万里神州阴风惨惨，尸横遍野。

　　她见千千万万的民工用肩扛手搬的形式，搬运上千斤重的巨石，累死累活还经常被凶残暴虐的监工用皮鞭抽打。观音娘娘，同情民工的辛劳和痛苦，决定帮助他们。不觉大发慈悲之心，忙扯下一把头发分给民工，要他们用发丝抬石头，民工们一试，千斤重的大石条轻轻一抬就起来了，民工们感觉轻松多了，渐渐地劳动时有说有笑，有人还高兴地唱起歌来。

秦始皇知道后，心想：一根发丝拉得动大石，我把它集在一起做成鞭子，一定会更有威力。

于是，秦始皇没收了民工手里的发丝做成了鞭子，拿着这条发丝鞭子，对着大山抽去，周边顿时乱石舞动，地动山摇，大山就飞了起来，落在海里。秦始皇一直想让秦国大得无边无际，所以，他就想，我何不利用这条神鞭，把大山都赶到海里去，把大海填平，这样，我秦国的疆界不就更大了吗。从此，秦始皇天天用赶山鞭赶山填海，乐不思疲。

这下可急坏了东海龙王，龙王忙召集虾兵蟹将来商量对策，可终于无计可使。愁得唉声叹气：眼看要灭了我水国，毁了我龙廷，这可怎么办呀？

解铃还须系铃人。观音菩萨一看：噫！山川江海乃是天设地造，岂能任意搬填？于是，晚上趁秦始皇熟睡之机悄悄换走了赶山鞭。天亮，秦始皇起床继续用鞭子赶山，抽山，山纹丝不动。用尽气力扬鞭又一抽，谁料好端端的一截长城顷刻坍塌，周边民工运来的石头也像长了腿一样，骨骨碌碌一蹦一跳地不停滚动了起来。秦始皇这才发现鞭子早已没有了赶山的神力。

当地人都说，鸡子山与周边区域风格迥异的石头正是秦始皇赶山时那些从长城边滚过来的大石块。

如今，鸡子山密密麻麻的卵石堆积在一起，情趣盎然，承受着日月爱抚雨露滋润，挺秀在拔麻这片热土上，壮美成一道奇特景观。

　　关于鸡子山，还有新的发现。猪年清明节，有位诗人来到鸡子山下。无意间，发现整个山体像一只昂首望天的蟾蜍，高高的眼眶，大大的嘴巴，满山黑色的"鸡子儿"，像蟾蜍皮肤上大大小小的凸起。诗人为自己的发现兴奋不已。于是，即兴吟诗一首：惟妙惟肖月里蟾，分身有术下凡间。几朝几代无人识，偶睹仙颜我有缘。

神秘的葡萄顶

梁少华

相传，马牧池横河村的秃尾巴李龙王，自升天后，整天忙着查看旱情，忙不过来，就找个凡人"马皮"赋予他多种神通，能替李老王行云布雨。

那一年，天大旱，周围村子的男人汇集一起，准备来马牧池村的青龙寺跪经求雨，可抬马皮的辇杆折断了。

兴旺庄有个大财主，人送外号"三奸王"，三奸王巧取豪夺，无恶不作，周围的人很遭殃。李龙王托梦给三奸王，说让他捐点财物，积德行善，想用他的两棵碗口粗的楸树做求雨时抬轿子的辇杆，三奸王坚决不肯，李老爷说那我就给雷劈掉。果然，第二天两棵楸树都被劈成麻秧儿。

人神有别，三奸王欲告官不成，又不甘吃亏，于是天天写黄表纸状告李龙王，可李龙王为福一方，在天庭人缘不错，传表的仙官虽收到状纸，可都恨三奸王的为人，均无人禀报玉帝，几次接表始终没有查办。终于，有一天，三奸王见状告无门，准备放弃。他拿写了御状的黄表纸放灯头上一点，烧了。

谁知，这一烧，黄裱传到灯火菩萨的手里，灯火菩萨向来事无巨细做事严谨负责，他一接状子就急急禀报给了玉帝。玉帝龙颜大怒，本来对在春夏之交李老爷自作主张把降在山东的冰雹落在山中抗旨一事，就心存不满，今天又觉得他在人间无礼，于是下令抓来了李龙王。

适逢天庭大摆宴席，各路仙官团团围坐，只见李龙王嘴上戴着笼头，手脚戴着镣铐，被玉帝惩罚来给众仙官端茶倒水。众仙看不下去，于是一齐在玉帝面前给李龙王求情，说李龙王一向为官端正，品格高尚，请求玉帝豁免惩罚。终获玉帝恩准释罪。

解除了笼头镣铐的李龙王，坐上筵席，率性而为，喝下了几杯琼浆。满腔怨气，无处撒，越想越窝囊。酒壮龙胆，一时竟忘了规矩，抬脚踢翻了袅袅香炉，掀倒了桌子，碰翻了饭桌上猪头，果盘里的葡萄……

相传，这些东西撒落到了人间山清水秀的马牧池一带，就有了香炉石村东山上的"香炉石"，两人多高的"粮食囤"，巨大的"猪头石"，董家庄的"葡萄顶"。

有一年，来了两个南方人，背着包，自席荚子顶山上一路循脉游走到香炉石西北面的疙瘩上，惊叹说：这是一块好地方！见同伴带着迷惑的神情半天未说话，就说，你不信？从席荚子顶山下来的这条脉，都聚在这地方，供了这一丁点好地。要不你可以在此试试，在地堰上放窝鸡蛋，第二天准能变成小鸡！只听另一个感叹说：可惜这点地方太小了。两人说着说着就从这里顺拔麻方向走了。

董家庄有个小放猪的，姓张。赶着一群猪，小猪都噘着嘴在土里拱食，他也在看天上的闲云，听到这里，心中大喜。这真是踏破铁鞋无觅处，得来全不费功夫啊。于是跑回家还真揣来了两个鸡蛋，比画着放在两人说的地堰下，一天之后，果然变出了两只叽叽叫的小雏鸡。于是，他就召集本家在这块高高突起的葡萄顶上踩了林，用这块谷堆大的好脉头做了张家的坟地。

自从董家庄张姓祖上用在了葡萄顶子这块风水宝地后，张家就迎来了好运气，家业风生水起，家族人丁兴旺了起来。

木头峪的传说

梁少华

　　在沂南，有很多地方流传着关于穆桂英的故事。老人们说，穆桂英是依汶镇大河圈人，今天的大河圈就是北宋年间的穆柯寨遗址，正是当年名将穆桂英屯驻练兵的地方。当地也有传说，依汶北边山坡上有块古墓碑，别看碑文风化残缺斑驳不全，那是穆柯寨寨王定天王穆羽之墓碑，坟头是杨门女将穆桂英的父亲穆天王之墓穴。其村边土山西北方向的山峰上有个高高的崮，崮面平坦，视野开阔，是穆桂英点将台。附近还有村庄运粮庄，历山官庄村后山坡上的刀撞泉，相传都与穆桂英这位女中豪杰有关。

　　凡是读过杨家将演义，听过杨家将评书的人，都知道穆桂英大破天门阵的精彩故事。穆桂英之所以能够大破天门阵，除了她自幼熟读兵书战策，武艺高强，有众多能人相助之外，还有赖于她手中的一件神奇"法宝"——降龙木。

　　穆桂英和降龙木的故事发生的历史地理背景都是在沂蒙山区，关于神奇的降龙木，拔麻的长洞山一带还流传着这样一个美丽的传说。

　　北宋年间，赵匡胤建立了宋朝。当时，北方有两个割据政权金国和辽国与宋朝并立，穆桂英大破天门阵就是宋辽之间的一场战争。

至宋仁宗年间，辽国太后萧后再次南侵中原，令辽国大将耶律浩南为先锋，在今天的泰山的南天门前设下了天门阵向宋军挑战。两军交战，宋军兵马大元帅杨六郎，率兵拒敌却被辽军放出毒气困阻在阵中，伤亡惨重。六郎之子杨宗保救父心切，也被困住，幸遇当时穆柯寨的女少主穆桂英，两人一见钟情，私订终身。

原来耶律浩南熟知中原的"九阴八卦"，天门阵按五行八卦所摆，共是一百单八阵，大阵套小阵，纵横交错，星罗棋布，如果误入"死门和灭门"必死无疑。假如侥幸攻到"生门"，天门阵还有绝招，那就是放毒，这种毒气很厉害，会破坏人的神经系统，只要吸入一点就会失去理智甚至自相残杀。

杨宗保和穆桂英私订终身后，穆桂英决定大破天门阵，她查看地形，出其不意，从后山杀了耶律浩南一个措手不及，尔后凭借自穆柯寨带来的降龙木，率宋军攻打天门阵时，让士兵每人随身携带一块降龙木，巧借降龙木发出的气味，让毒气不得侵身，从而驱散阵中毒气，终于举拿下天门阵，威名四震。

降龙木到底是什么呢？穆桂英大破天门阵用的降龙木其实不是什么兵器，它是一种长在深山里的野生树木。由于稀少而弥足珍贵，巧的是只有穆桂英的穆柯寨中生长着这种奇异的树。这种树，开花时节，香飘数里，这种"木"是珍贵稀有的药材，不仅具有解毒、醒脑、镇定的作用，而且还有辟邪功能。

沿今天的大河圈西边拔麻村附近的长洞山风口，自西嘴子，过风门，至拐角往南走就见两座突出的山峰，北边是小垛头，南边是大垛头，两峰之间有一条长长的山峪。据说这条山峪的正中处，集天地之灵秀，孕育了神奇的降龙木，人称这块宝地"木头峪"。

马牧池木头峪里，有一块平坦的巨石，那是穆桂英坐过的宝座，周边生长着降龙木，穆桂英大破天门阵时用到的降龙木，正是从这里砍伐的。如果坐在这里选一疏木处东眺，群山滴翠，梯次排列，一峰一景，山间小路及穆柯寨尽收眼底；坐草丛上休息，畅吸清新空气，望天地而畅想，倍感心旷而神怡。

多少年来，巨石边生长着两棵旺盛的松树，各居一侧，左右对称，同样高低，均等粗细，像巨伞凌空，又像忠诚的亲随侍卫，仍守护着穆寨少主穆桂英的宝座。

这个家喻户晓的传奇故事给木头峪蒙上了一层神秘面纱。木头峪穆桂英得降龙木的传说早已被当地老百姓传为佳话，流传至今。

青草鱼沟

梁少华

马牧池乡有个新立村，最早是属于横河村的一个自然村，叫横河东山。后来为了管理方便，从横河村独立出来，更名新立村。其村口处低洼，村里百来口人，大都聚族而居在村中的高坡上。山梁下有一道出名的沟，名叫青草鱼沟。很早以前周边无水库，王家河里经常发大水，大鱼小鱼顺水往上，涌到青草鱼沟，水里多的是白条子、青鱼、草鱼……

青草鱼沟很深很清澈，春天水面上漂着一层苹果花瓣儿。

这青草鱼沟还演绎出一段美丽动人的传说。

相传，有个勤劳聪敏的小伙子，名叫青山，他和父亲居住在沟边一间简陋的土坯茅屋里面，以种田为生。青山刚满18岁那年，父亲突然暴病而死，从此他孤苦伶仃地生活在水沟旁。

那年夏天一个月色溶溶的晚上，劳累了一天的他，望着那朦朦胧胧中的沟边水里的映月，想到自己孤苦一身，不禁满腹惆怅，喟然长叹。于是，他取出父亲生前用过的木笛吹了起来。笛声悠扬婉转，妙音悦耳，久久地回荡在水沟边。

吹着吹着，青山突然听到了随着笛声飘来的一阵歌声，歌声是那么清脆，那么悦耳，他忙向四处张望，可是除了那偶尔跳动的水花和自己那间茅屋，什么也没有，他心里很纳闷。第二天晚上，他又坐在石凳上吹笛子，吹着吹着，那清脆悦耳的歌声再一次传了过来。这次他听得真真切切，是一个年轻女子的歌声。青山高兴极了："这是一位怎样的姑娘呢？"

一天过去了，两天过去了，第三天青山又来到石凳上坐下，开始吹木笛。笛声刚刚响起来，姑娘的歌声便传了过来，他马上停了下来，歌声也随着停了下来。过一会儿他又吹，姑娘的歌声又响起来。于是，他悄悄地一边吹笛子，一边向传来歌声的地方靠近，原来歌声来自水边的一条鱼。

青山为这个发现很兴奋，以后的日子里他一闲下来，就坐下来吹木笛，听姑娘唱歌。

这天中午，艳阳高照，青山拿出父亲留下的破渔网，想去水边碰碰运气，于是他走进浅水里，把渔网往水里一撒。没想到，这一撒网，竟然捕到了一条漂亮的草鱼。

青山高兴起来："哈哈，正所谓不怕网破只怕不撒网！我肚子饿了，这鱼不大不小，拿来做红烧鱼刚刚好。"

"青山你不要吃我。"那草鱼忽然开口说话了，"我就是天天伴你唱歌的姑娘啊，你把我带回家吧。以后就用家里的瓦盆装村前三岔沟的山泉水养着我，我天天给你做饭吃。"

青山喜形于色，他手脚麻利地把草鱼捧回家，从床底下取出家里唯一的黑色大瓦盆，洗干净，飞跑着去三岔沟取来山泉水装上，把草鱼养在瓦盆里。到了烧饭时间，草鱼就从瓦盆出来，变成一位穿有嫩草黄色裙子的鱼姑娘，给青山烧火煮饭。

鱼姑娘的嫩草黄色裙子上有两个口袋，她从左边口袋倒出米，从右边口袋倒出鱼，不一会儿饭热菜香，鱼姑娘给青山装好饭，摆好碗筷："青山，饭煮好了，你慢慢吃，我回瓦盆了。"

鱼姑娘天天变着食谱给青山做饭吃，可鱼姑娘发现青山并不开心，因为青山总是独自用餐。

这天，一桌美食快煮好的时候，青山提前收工回来了，看起来很疲惫的样子。青山斟上了一壶美酒，四溢的酒香在屋内飘，在饭桌前青山拉住了仙女似的鱼姑娘，并深情地邀请她一起吃饭。今天鱼姑娘破例没有推辞，其实她内心是多么想陪陪孤单的青山啊！

可吃了饭闻了点酒的鱼姑娘，刚躲进青山的怀里，就变成了一条青草鱼。

日子一天天过去了，青山眼望着草鱼只能待在狭小的瓦盆里，翻转不得又不能出来，后悔不已。后来实在过意不去，于是趁一个月夜，怜惜地捧起草鱼吻了又吻，含泪把它放回了青草鱼沟。

据老人讲，打那起，每逢夜深人静之时，居青草鱼沟边的人们，还能依稀听到木笛的演奏声，缠绵悱恻，扣人心弦，催人泪下……虽然再也听不到草鱼姑娘的甜美歌声，但那夜夜翻动的水花，似乎永远是草鱼姑娘在诉说着蕴藏在心中的爱情。

石人沟

梁少华

在马牧池北村的东北角，有一条石人沟。沟内突兀的巨石像是从天外坠落而来。巨石那嶙峋怪异的模样与背后缓缓的山坡上的石头如此不同，不像是原本就生长于此，倒像是从天外坠落下来的。说起这石人沟还引出一段美丽的传说呢。

相传，有一年发洪水，村边水沟里冲下来三个大石人。大水过后，三个石人就留在了这条沟里，从此石人沟因石人和石头得名。据老人讲，这三石人各有身份，一位是石大夫爷爷，一位是石大夫奶奶，另一位是徒弟。再后来三石人的旁边又莫名多了一对石狮子，都说是给石大夫爷爷家看家护院的。

靠近石人沟住着户人家，麦收季节小媳妇用磨推了麦子糊子，晚上坐在鏊子窝里烙煎饼，炉下火势不大不小，鏊子上面热气腾腾，新麦子煎饼的香味飘进了石人沟。

石大夫爷爷循着香味去向小媳妇要煎饼吃，小媳妇正被烟熏火燎得流眼泪，手里握着长把的葫芦瓢子，长把瓢子里盛着烙煎饼的糊子，一愣神看到身边站了位高大陌生的男子，忽地来了脾气，一下把瓢子磕上了他的头。第二天早晨，有人看见石人沟里石大夫爷爷头上还留有白色煎饼糊子扣上的瓢子印呢。

那一年，在村的西南角有一农户，女主人生病，脖子上长了个大瘤子，这东西像吹气一样疯长，又大又肿地拉拉着。邻村有位很有名的王医生，大家商量着准备第二天去给开刀割除。

枣花住在安保庄，与女主人是干姊妹。听说了这件事，夜里着急辗转反侧难入眠，大半夜后才睡着，恍惚梦见一白胡子老人，跟她说马牧池北村的干姐姐病得可不轻。枣花着急向老人求救，老人说要想救干姐也有法。枣花就问什么法，老人指点说让她一路向北，到距离干姐村子不远的石人沟去找石大夫爷爷就行。病急乱求医，这个节骨眼上，枣花也顾不上辨真假，天还没亮就一骨碌爬起来赶去了石人沟，对着石大夫爷爷又磕头又焚香，还给干姐许了愿。

此刻女主人正病得躺在床上呢。就听屋后巷子里传来"咣当咣当"来回走路的声音，这声音沉重真切，后来才知道那是石大夫爷爷在看病。一炷香快燃完时，奇迹发生了，女主人身上的瘤子眼瞅着消失了。

这事一传十，十传百，人们从此对石大夫爷爷更加恭敬。

村里人说石大夫爷爷医术高明，心地也特别善良。有的穷人生病了，拿不出钱治病，石大夫就给免费看病。有谁得了疑难杂症，久治不愈；有谁长疖子，长疙瘩的；有个大病小灾的，去石人沟烧烧香，求求石大夫准好。

有的还说："头痛就摸石人的头，肚子痛就摸石人的肚子，然后摸摸自己的病痛的位置，病痛就会痊愈。"越传越神，没多久，连千里之外的人都有人来石人沟找石人治病。

"石人能治病，愈者来谢之。"自此，这里香火日盛，求医治病好了的，来磕头烧香，烧纸送衣服还愿的；有做上菜，摆上酒来答谢石大夫爷爷恩情的；周边的人，也时常会给送上喷香的麦子煎饼。渐渐地，祭祀的供品，也由最初的鸡鸭，到纯色全体牛羊。后来呢，每天还有人吹拉弹唱。

　　时代更迭，直到今天，马牧池北村的石人沟里还有一位高大的石人，相传这位就是石大夫爷爷呢。若凑近了仔细审视，石人形神兼备。你看，大自然以如此的鬼斧神工造就了奇观异貌，够神奇吧！

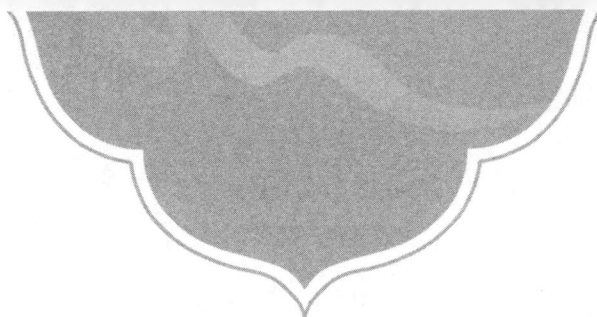

第四辑

北斗七星落在了王家安子

高　军

　　在马牧池乡驻地东北20里左右，有一个叫王家安子的村庄，很早以前村中那条叫小顶子的岭上就有一座尼姑庵，后来王姓来这里立村，村名就叫了王家庵，再后来为了吉祥之意遂衍化为王家安，最后定名为王家安子。

　　小顶子上共有7座小山丘，建立尼姑庵的这个小山丘上至今还有尼姑庵遗迹，尼姑睡眠休息的石炕由滑石制作而成，至今还完好地留存在那里，东边不远处立碑的石坑也还在。这座小山丘和岭上其他6座小山丘的来历可长久了，它们的故事就更神奇了。

　　这7座小山丘上都有一块大石头，这些石头在周围看并不怎么神奇，可是若从空中一个合适的角度观察的话，他们就是天上北斗七星的形状呢。

　　北斗七星什么时候落在王家安子的呢？

　　很久很久以前，玉皇大帝在天庭大摆筵席，各路神仙纷纷来赴宴。能歌善舞的七仙女在南天门前热情周到地招呼着来客，神态雍容的北极仙翁携着北斗七星腾云驾雾而来，嫦娥抱着她心爱的宠物玉兔娇滴滴地和众神家长里短地拉呱着，女娲娘娘带着自己补天的五彩石神色得意，神通广大的八仙也形态各异地来到现场……

佳期吉时一到，仙乐缭绕，钟磬齐鸣，鼓声咚咚。神仙们纷纷落座。只有八仙中的铁拐李大大咧咧，瘸着腿这里那里地开着一些玩笑。

当年他母亲让他在炉灶前烧火，最后没有柴火往炉中续，他懒得动弹，竟然连柴火也不去拿，就把自己的一条腿放在炉中当柴烧，结果被一个多嘴的女人说一句"这样还能不烧瘸"而坏了事，他的腿果真被烧坏，从此以后，他变成一个瘸子。

玉皇大帝欢宴百神的酒席很是高档，珍馐陈列，美酒飘香。小厮们将一坛坛美酒呈上席来，嗜酒如命的铁拐李早已耐不住了，他走上前去，把自己背着的大葫芦灌满，张开大嘴就往里面倒。吕洞宾拉着他衣角劝说道："玉皇大帝还没有发话，你怎么就这样猴急？"铁拐李继续往嘴里倒着异香扑鼻的美酒，直到将葫芦喝了个底朝天，才咂着嘴说："啧啧啧，这等好酒不赶紧喝，跑了香味可真可惜了啊。再说了，玉皇大帝又不缺这些美酒，他请咱们来就是让咱们尽情享用的，就你事儿多，我老拐可不管那么多！"说完，又去灌满一葫芦，扬起脖子又喝起来。

宴席上佳肴美馔、蟠桃仙果，应有尽有，十分丰盛。神仙们觥筹交错，热闹非常。铁拐李兴致越来越高，不知不觉间已是耳醺脑热，光秃秃的大脑门油光放亮。这时，他摇摇晃晃站起来，拄着拐杖挨到北极仙翁的身边，嘴里含混不清地说道："老神仙，我要和你碰一葫芦，加深加深感情，来——"北极仙翁也雅爱美酒，但是从不贪杯。这个时候，他正端着酒杯细细品尝，显出陶醉的样子。他带来的宝贝北斗七星就摆在身后的一个架子上，正在熠熠放光。谁知铁拐李醉意朦胧，一趔趄，竟然一下子把架子碰歪了，稀里哗啦一阵响的同时，他用自己拄的拐杖猛地一蹾，身体才又站直了，好歹没有摔倒，可是却把地上杵上了一个窟窿，北斗七星掉到地上，滴溜骨碌顺着这个窟窿掉了下去。北极仙翁心疼不已，唉呀呀地连声叹息。

铁拐李也吓得酒醒了一半，但还是嘴硬："不就是几块破石头吗，也值得如此大呼小叫？改天我赔你就是了。"

"你如何赔得起？北斗七星决定着二十四节气运行和四季更替，你这样弄得不是乱了套了吗？北斗七星落入人间，会使天空和大地陷入黝暗之中，人间将一片混乱，四季节气也无法运行了。"北极仙翁非常生气，连连跺脚。

北极仙翁一把抓住铁拐李，一拂袖驾起祥云就往北斗七星消失的地方赶去。这时候铁拐李也不敢吱声了，只好乖乖地随着北极仙翁来到了人间。他们降下祥云后，发现北斗七星落在人间一个叫王家安子的地方，在一道岭上形成了7个小丘，7颗星星按照在天庭上的形状排列着。周边水清山秀、景色如诗似画，更胜天上仙境。

铁拐李看到北极仙翁也陶醉了，就建议说："老神仙，我看女娲娘娘也在玉帝那里，咱们回去求玉帝，让女娲娘娘给你重新炼出7颗星星来不就行了，反正这7颗落到人间已经减了光泽，你弄回去也无用了啊，还不如给人间留下一处好地方，更留下一段佳话，省得你整天高居天上，让人觉得高高在上，都不认不识的。"

北极仙翁看看这7块石头，叹了一口气，和铁拐李返回了天庭。玉皇大帝早已知道了这件事情，正在准备严厉惩罚铁拐李，听他们汇报后，也没有什么好办法，只好顺水推舟，把女娲传过来，下达了谕旨。

女娲娘娘按照玉帝的安排，很快给北极仙翁重新锻造了北斗七星，所以天上的北斗七星至今依然璀璨夺目，王家安子的北斗七星则成了一处人间仙境。

（2018年9月17日上午）

皇姑的传说

高 军

王家安子南面是皇姑山，山顶很尖，就像一个斗笠，当地人
管斗笠叫作席角子，所以南面村庄的人管这座山叫席角子顶。但
是王家安子北面的村子都叫这座山是皇姑山，说山的最高处像轿
的顶子，是皇姑乘坐的轿子。在山顶上有一巨石，能用手指拨
动。周边还有很多白色土，可以粉刷墙壁。传说这是皇姑带来的
面粉，预示着周边能连年丰收，天天都能吃上面粉。

这座山向北有一条山旺，大家都叫这个山旺为皇姑旺。这一
面的悬崖下有一块形似女子的几米高的巨石端坐在那里，面对着
王家安子村，就是皇姑了。

皇姑是玉皇大帝的六女儿，玉帝平时对臣下很严厉，显得很
有威严。但是他很娇惯自己的小女儿，尤其对七女儿和六女儿，
那是见了就笑，也变得慈眉善目了。这两个女儿在他面前顽皮异
常，他却从来都是娇纵，都是言语温和。因而这两个女孩都养成
了一种任性的性格，认定了的事谁说也无用，撞了南墙也不回
头。所以先是七仙女下凡到人间，与董永成就了一段美好姻缘，
成为千古佳话。六女儿也同样对一切都充满好奇，有一天她知道

北斗七星落入了人间，总觉得后来女娲重新补上的是赝品，对天上的北斗七星没有一点亲近感了，反而对落入王家安子小顶子上的原来的北斗七星充满了好奇。

她祈求玉皇大帝说："爹爹，我想下凡到人间走一趟，看看尘世间的生活状况，更想去看看原来在咱们这里的那7块石头呢，您不会不同意吧？"

玉皇大帝一听慌了神，七女儿已经在人世间和董永过得有滋有味，整天"你挑水来我浇园""你织布来我耕田"，自己想管也管不了，心里一直很不舒服。他知道天庭虽然豪华异常，各种物件流光溢彩，但是生活单调。而人间山青草绿，石奇水秀，男耕女织，其乐融融，六女儿一旦到了人间，回来的可能恐怕还是不大，你说糟心不糟心？他和颜悦色地劝说女儿："那7块石头落入凡间已经变得毫无光彩了，实在没有什么好看的！再说了人间就是种地吃饭，那是很艰苦的生活，出大力流大汗，有时候还吃不饱穿不暖，就是普普通通，一天一天的熬日子呢，实在也没有什么神奇的地方。你就老老实实安心在家做个幸福女孩吧。"

六女儿多次祈求后，玉皇大帝还是不松口，她就动了和妹妹一样偷偷跑到人间的念头，爹爹说人间是熬日子她就带上了足够多的面粉，带上了足够多的食用油等，然后让自己的轿夫抬着，趁着玉皇大帝不注意的时候，架起五彩云出了南天门，直奔北斗七星落下的地方而去。

耳边风声嗖嗖，人间的景象看得越来越清晰起来，下界炊烟袅袅，男耕女织，一片农家风光。六女儿他们从南向北，越来距离地面越近了，慢慢地出现了几座大山，几条大河，几片平原，前面又出现了一道山脉，只见由7块石头组成的北斗形状也出现了，它们在山前的一道小岭上，非常有顺序地排列着，只是不如在天上的时候那么明亮了。但周围山清水秀，树木参差，野花怒放，飞鸟时鸣，走兽和人类友好相处，一片和谐气象。

又往前走了一段路，皇姑让抬轿子的人在一片平地停下来，她坐在轿子中就急不可待地仔细从远处眺望这一景象，她久久不愿动弹，一直盯着看个不够。

玉皇大帝知道这一情况后，连连跺脚，唉声叹气："都是我娇惯溺爱的结果啊，孩子是真的不能娇生惯养的，就得严加管教啊。"从此以后，他对其他5个女儿的看管严厉了起来，后来再也没出现私自出走的现象。

玉皇大帝多次派使臣到人间劝说六女儿重回天庭，可是她迷恋上了这一带的无限风光，就是不同意回去。后来玉皇大帝亲自驾临人间，苦口婆心地这么说了那么说，她就是没有打谱回去。她还反过来劝说爹爹："天上常年冷清清的，有什么好的！爹爹啊，你看看还是这里好啊，只要在这里待的时间长了，我保证你也不愿意回去了。"说到这里还撒娇起来，"爹爹啊，你也别回去了，就在这里陪着女儿吧。当玉皇大帝又有什么好的，还是有烟火气息的日子有味道啊。"

玉皇大帝看看周围也确实如女儿说的那样，又看到怎么说也没有用了，他只好自己回到了天上。

为了女儿的安全起见，他又向下界派出了两位将军带着一些人员来保护女儿在人间的安全。在南边不远处，有一块高高耸立的人形石头，叫作南将军；在北边那座叫八亩地的山西崖下，也有一个人形石头，就是北将军。从此以后，皇姑就永远住在了这里。

（2018年9月17日午）

龙拉车

高 军

马牧池乡窑屋沟村在王家河西岸，是由10多个自然村组成的，名字大都很奇特，如龙拉车、虎头峪、燕子窝、牛家峪、高家旺、涝滩、小北山、东沟、竹园、窑岭、炮楼等。

这里，咱们说一段有关龙拉车的故事——

这里隔河相望的就是横河村，横河村是秃尾巴老李的家乡，当年秃尾巴老李他娘怀胎很长时间他还不出生，在娘肚子里就会咬牙，直到3年的节骨眼上才生下了他。一下生就不一般，出娘胎就会说话，迎风就长。他妈生下他，一看他长得怪，又加上生产已经用尽了力气，连惊带吓带累，当场就昏了过去。他爹从地里干活回来，一看一个怪物正钻在自己妻子怀里喝奶，他吃惊之余，摸起菜刀就要砍，连砍直砍他已经窜上了梁头，头高高地翘着，身子缠绕在梁头上，尾巴还乱摆动。他爹一看够不着，搬过来一个凳子站上去，还是去砍。他看到自己的爹拿着自己不算完，只好赶紧逃跑，唰的一声从梁上往门外跑去，带起的风把它爹从凳子上掀了下来。他爹一看，怪物的头和身子已经蹿到了门外，他连爬带跑地过去关门，咔嚓一声把他的尾巴挤断了。因为这个缘故，他后来一直被称作秃尾巴老李呢。他从家里跑出去后，无处落脚，就跑到他姥娘家里养好了伤，才又到了东海龙王那里学会了行云布雨的本事。

这年农历五月十三日，他娘去世了。对于母亲的生育之恩，他一直挂在心里，可是还没能回家报答，竟然就传来了这一噩耗，真是子欲养而亲不待啊。他听到这一消息后悲痛欲绝，决定不管怎样都要回家去为娘尽些孝心，所以他紧赶慢赶回到了家乡。

来到林地里，看着用新鲜泥土拱起的坟头，看着坟前残留的纸钱灰，他更加难过了，忍不住泪水哗哗地流下来。摆上带来的供品，在香炉里焚上三炷香，点上已经折叠好的纸钱，他趴在坟前号啕痛哭起来。鼻涕一把泪一把，哭了大半天才止住，按照程序破供、作揖、磕头，然后起身。

因为娘生前他根本没法尽些做儿子的义务，他就一心想为娘做些事，弥补自己的歉疚之心。他抬眼望去，南边的卧牛山仍然像一头牛一样卧在那里，村西王家河里流水清澈，在阳光照耀下熠熠闪光，村后北岭上的石公公、石婆婆和石炕都还一如既往地在那里，呈现着千年不变的姿态。西面近处也是小山岭，但高高的蒙山在远处披着一层白纱似的雾霭，神秘中透着秀气，庄严中有着灵动。颛臾王曾在那里主祭蒙山，春秋战国时期，留下了儒、道、纵横家代表人物孔子、庄周、老莱子、鬼谷子的足迹。鬼谷子在那里修炼授徒，弟子过百，著名者有孙膑、庞涓、苏秦、张仪。汉朝史学家蔡邕等曾隐居此山。唐代大诗人李白、杜甫曾结伴去游蒙山，杜甫写下"余亦东蒙客，怜君如弟兄。醉眠秋共被，携手同日行"的佳句。蒙山具有令世人瞩目的悠久历史和深厚的文化底蕴。我国最早的区域地理著作《书·禹贡》称："蒙羽其艺。"认为早在夏朝时期，蒙山、羽山一带就已种植作物。从一个物华天宝、人杰地灵的风水宝地取土为自己的母亲筑坟添土，秃尾巴老李觉得这是表达自己对生身母亲怀念的一个最好方式。

主意打定以后，他就开始了行动。他深信孝欲人知不是真孝，为了不惊动别人，也为了不张扬此事，选择了深夜来做这件事情。待到夜深人静的时候，他拉起车子人不知鬼不觉地就奔蒙山而去，在那里他用自己的火眼金睛仔细观察，精心选择合适的地块，专门取那些洁净的细碎熟土，使劲往车上装，直到不能再加上一点才停止。在拉起车子以前，他还用头顶上一堆土，这是孝子表达孝心的一个重要方式。由于车上装满了土，他的头上还有很多土，不能走得太快。从蒙山回到家乡尽管一路都是高低不平的山路，但行走起来并没有多么大的动静，所以沿路也就没有惊动一家已经进入梦乡的人们。车子很沉重，走起来路上就被压出一道深深的车辙。走到窑屋沟这个地方已临近天明，这个时候又是最黑暗的一段时刻，秃尾巴老李停下了车子，开始喘口气休息一下。他站在这里，居高临下地看着自己母亲坟墓的那个方向，心中回顾着自己的人生历程，想到母亲这一生的辛苦劳累，眼中忍不住又淌下了热泪。他知道天马上就要亮了，稍作停歇后，他又拉起车子向前走去。来到墓地，他先把头上顶的土小心翼翼地添上母亲的坟头，随后一次次从车上用头往下拱土，然后再从地下一次次推上母亲的坟墓，一车土添上去，坟头就大了一圈。连着干了10多个晚上，每次都在窑屋沟那个地方住下停留一会儿，休息一下后再到林地添土。直到他看到自己母亲的坟墓成为李家林中坟头最大的了，他才又离开了家乡。

秃尾巴老李很有孝心，每年农历五月十三他娘祭日这天必定回来为娘上坟，所以这天这里必定下一场干笋细雨，用细雨润无声的方式滋润家乡的土地。所以周边的村子有句谚语叫作"大旱三年忘不了五月十三"，意思是这天太阳再好天再晴也别在外面晒东西，因为秃尾巴老李回来为娘上坟一定会带来一场好雨。

当年，因为他停车的那个地方恰恰是一块大平石头，石头上竟然也被压出了深深的车辙印。在土地上压的车辙很快消失了，其他石头上仅仅是经过的痕迹也慢慢被岁月抹平了，唯有这个地方的辙印最深，一直留存到了现在。

所以这里就被叫作了龙拉车……

（2018年9月20日）

石公、石婆、石媳妇

高 军

横河村在马牧池乡驻地以北2里路远的地方，村前一条东西流向的小河横在村前卧牛山北麓，河水在村西汇入汶河支流王家河，所以得名为横河。

村北不远处是横河北岭，这条岭上有几块奇形怪状的大石头，分别被叫作石公公、石婆婆、石媳妇等，仔细看去惟妙惟肖，栩栩如生。

关于这些石头，有一个这样的传说——

他们本来是邯郸一带的一家大户人家，家里有军人看家护院，生活富裕安逸。公元前228年，也就是秦王嬴政十九年，秦军攻占了赵都邯郸，俘虏了赵王，灭掉了赵国。秦灭赵国，统一六国便指日可待。赵国曾经是秦国最为强硬的对手，秦王嬴政曾经生活在赵国，寄人篱下，备受凌辱。秦、赵兵戎相见时，他又成了赵国的通缉要犯。此次秦王政来到邯郸，收赵俘，杀仇家，是多么威风啊。接着，又从井陉口西上太原，渡河到上郡（赵国旧地）。秦王政此次巡视邯郸、太原、上郡，主要目的是视察赵地，镇服赵民。这户人家本来就是赵地人，到了这个时候家里还养有军人，配备有武器等，这都是犯忌讳的。

这天，一伙秦国军人来到他们村庄，把他们家层层包围起来，然后进家翻箱倒柜，掘地三尺，把所有可能危及秦王朝的所谓武器都收缴走，并且限期遣散家中的兵丁，并威胁说最好所有家人也都别在这里居住了。

这些人也都是例行公事，安排也就走了，至于到底人员遣散没有，他们也懒得回头再去查看了。俗话说穷家难舍，何况是祖祖辈辈居住在这里的富裕之家呢。他们认为武器已经交出去了，只要老老实实做个顺民，安安稳稳地过日子也就心满意足了。所以他们并没有离开故土，而是赖歪着继续留了下来，家中的军人已经没有武器了，又加上与主人已经结下了深厚的感情，也实在不愿意离开，所以也就继续留在了家中。当时的形势是秦王嬴政忙于统一全国的大事业，根本顾不得回头过问这些小事。秦王嬴政离开后，也就没有人再来过问此事了。

这户人家在战乱中委曲求全，苟全性命，时间就慢慢地过去了。嬴政二十六年，也就是公元前221年，秦统一了中国，原属韩、赵、魏控制的地区归入了秦朝版图。秦王觉得王号不足以显示其伟大业绩，于是开始称皇帝，于是秦王嬴政摇身一变，成了秦始皇。

专制集权是秦始皇巩固统一大业的基本政纲。在中央，设三公九卿，负责国家政治、经济、文化、军事等要务；在地方，废除群雄割据的封国建藩制度，将全国划分为36郡，实行中央政府严格控制下的郡县制。车同轨，书同文，统一度量衡。在大一统格局下，秦始皇也进一步强化了独裁统治。他说什么就是什么，绝对不许有任何不同的声音。他说烧书就出现焚书坑儒；他说寻找神仙搜求长生不老药，大家就真都当成国家大事。

公元前218年，统一六国不久，秦始皇开始了第二次巡视。这一次东巡的主要目的是"封禅泰山，立石颂德"（《史记·封禅书》），以安天下。

朝廷的护卫人员在前面先行巡查，寻找并消灭任何不安稳因素。这次与前一次相比，更加严格了。他们这个时候就再次想起了10年前的那户人家，于是又来到了他们居住的地方。

只见他们家的院落比以前破烂多了，男女主人已经显出了老态，儿子也已经娶了媳妇，原来在家中服务的军人也已经融入了这个家庭，和以前相比他们已经由富足而跌入了仅仅是食可果腹的生活境地。

秦朝负责检查的人员显得更加飞扬跋扈了，他们恶声恶气地限令这家人马上离开，两位老人苦苦哀求着不愿意离开自己的家园，这些人上来一刀砍死了他们的儿子："如果不立即滚蛋，就都死在这里！"

可怜这家人连儿子的尸首都不能安葬料理，只能撇下家中的一切，赶紧离开自己祖祖辈辈生活的故土。朝廷来的这伙人在他们身后，就像赶牲口一样撵着他们快速朝前走，脚步稍有懈怠，皮鞭就会落到身上，刀剑也会立刻高举起来。他们日夜兼程，这些赶着他们的人还嫌走得慢。他们走啊走啊，走出了故乡，进入了山东境内，还是不被允许停下脚步，只好拖着疲惫的身体继续向前无望地走着。

他们过了蒙山，又过了黄草关，脚步明显慢了下来。但赶着他们的人一点怜悯心也没有，仍然大声呵斥着，皮鞭和刀剑时常举到头上。最先走不动的是老婆婆，她实在抬不起脚步了，有个人从后边踢了她一脚，她一下子跪在了地上，那个人举起剑来，残忍地摘下了她的心脏。她当时并没有立刻死去，还能感觉到痛苦，所以还有眼泪流下来。一开杀戒，老汉和儿媳妇在不远处也惨遭毒手，跑在更前面的那位家中军人也被一箭射死。

后来，他们几个人都化为了石头，立在了被害之处，分别被称为石公公、石婆婆、石媳妇，那位已经跑到北大山前的被称作了石将军。

至今，他们还都神态各异地在这里，连当时老婆婆留下泪水的痕迹都还清晰地存在着。

（2018年9月26-27日）

祖建安的故事

高 军

祖建安，字平伯，双泉峪子村人，主要生活在清乾隆年间。他为人豁达，晴耕雨读，学识渊博，在本村和周边一些村子里当过很长时间的塾师，教授有方，教出了隋家店村的刘遵和等优秀学生，培养了一大批各级人才，是一个在附近很有影响的重要人物。

双泉峪子这个村地处两座大山之间，山上自然条件不错，西边的山上画有一个棋盘，传说曾有神仙在此下棋。东边的大山当时还没有名字，后来到了咸丰年间开始建圩子设山寨，被叫作了八宝寨。两山中间一条小河从北向南流去，两岸都是平整肥沃的土地。多少辈子，一直民风淳朴，百姓厚道，是一方好水土。

祖建安从小热爱学习，饱读诗书，深受儒家文化影响，致力于乡村道德礼仪等方面的建设，所以双泉峪子村风气很好，邻里之间相敬如宾，很少发生偷鸡摸狗的事情，违法犯罪的更是少见。

村子里有两个大泉子，泉水一直清澈甘甜，是全村人和禽畜饮水的命脉，天旱的时候泉水也一直不见任何减少，除了吃水以外，周边田地的灌溉也全指望它们。

这两个泉子说来可有些年份了，其中一个泉子在金代大定五年（1165）修理过，后来明天启年间（1621—1627年）又重修了一次，过去还有残破的碑碣在边上立着；另一个没有修整过。直到20世纪中后期才重新进行了整理，两个泉子又发生了变化，成为现在的模样。

那时候真是"人生七十古来稀"，当时祖建安已经90多岁了，他亲眼看到了七世孙的出生和成长，别提心里是多么高兴了。

这里简单介绍一下云、仍的意思，《尔雅·释亲》："父之子为子，子之子为孙，孙之子为曾孙，曾孙之子为玄孙，玄孙之子为来孙，来孙之子为晜孙，晜孙之子为仍孙，仍孙之子为云孙，云孙之子为耳孙。"《尔雅》是我国古代最早的词典，是辞书之祖。全书收词语4300多个，分为2091个条目，收集了比较丰富的古代汉语词汇。《尔雅》成书的下限不会晚于西汉初年，因为在汉文帝时已经设置了《尔雅》博士。《尔雅》本20篇，现存19篇。根据《尔雅》的解释，仍孙是指七世孙，云孙是指八世孙，"云仍"就是远孙、后继者的意思。

后来，因为祖建安活得岁数大，直到95岁才去世，所以被朝廷恩赐为八品寿官，并赠"耆龄世瑞五世同堂"匾，后来还为他在村南祖氏大林立了牌坊，牌坊上的匾额也是这8个大字，牌坊至今还在。这件事远近闻名，200多年来一直被传为佳话。他的学生刘遵和参与修纂的道光七年（1827年）版《沂水县志》卷八"耆寿"条记载："祖建安，嘉庆元年（1796年）恩赏匾、坊、银、缎。享年九十五岁。"光绪二十年（1894年）撰修的《祖氏族谱》记载："建安字平伯，年臻百龄，五世同堂，亲见七代。恩赐八品寿官'耆龄世瑞五世同堂'匾。"

寿官是明朝出现的一种官名，清代延续到光绪年间。主要是对寿星的一种别称，是一种官方授予的称呼，主要是八品或九品。一直是个虚职，又是一种荣誉。有官帽官服、没有爵位。不同时期，对年龄、选择条件、奖励物品有所不同。给平民百姓的年长者授予寿官称呼的目的，是封建社会统治者想体现国泰民安，老人能安度晚年当然可以从侧面反映出社会的稳定。具体程序是逢恩诏颁下时，由地方逐级推举"德行著闻，为乡里所敬服者"，最后由皇帝钦封授予。在民间能获得此头衔者可以说是凤毛麟角，因为这受两方面的限制：一是必须德高望重，二是年老。获得寿官之人，可以说是名利双收。政治上有地位，不仅纳入官场级别序列，而且能享受朝廷俸禄。祖建安能获得这一殊荣，在当地影响很大，所以一直被后人津津乐道着。

清道光（1827年）《沂水县志》"山川"记载："虎蹲顶（县西南七十五里，一名护云顶，又名云山）……虎蹲顶西南为团圆墁（县西南八十里，一名仍山）。"在"梓水"记载："东汶水……东经牛王庙，马牧池水入之。又东经柳沟庄、双泉峪，云仍泉注之。"关于这两个泉子，也作了记载："云泉、仍泉，县百里，出云、仍山双泉峪之云仍溪，二泉相距丈余。仍泉未经修理，云泉大定五年修，明天启间重修，有残碣尚存，乡人资以灌溉。"

由于农村中识文解字的人毕竟不多，又加上云、仍的用法也显得有些偏，很少有人能看到七世八世后人，再后来文言逐渐式微白话兴起，所以很多人渐渐不知道这里有一段时间曾用云、仍命名过这几个地方。但是，一山一水的文化底蕴永远不应被忘记。

（2018年9月25日下午）

惩治三奸王

高　军

　　秃尾巴老李整天忙碌着，老家这里的事儿，他一般是抓马皮来代替他行使职责。马皮是当地方言，是替李老爷当差办事的人。马皮不固定，有时是从东海沿来的，有时是从北边颜神镇周边来的，但这人很不平凡，被秃尾巴老李赋予了多种神通。一般很听话，要是不听话，李老爷就会把他捆起来，凡人肉眼看不见捆他的绳子，但马皮四爪朝天，就一动也不能动了。只要听话，李老爷对他也会很好。

　　马皮的主要任务就是从天上接雨，大家用两根扁担作为辇杆，中间抬着一个椅子，将马皮抬在上面，他就能用托子绳把雨拴来。

　　有一次，抬马皮的辇杆断了。秃尾巴老李很关心这件事，打算找两棵楸树来制作辇杆。西边大头庄有个姓刘的大财主，家前地里有两棵碗口粗的笔直楸树，正好可以制作两根扁担。秃尾巴老李一眼就看中了，心心痒痒地想弄来给马皮做辇杆。他怀着喜悦的心情，给这个财主托了一个梦，心平气和地和他商议这件事。但这个人是远近闻名的三奸王，三在咱们汉语里有时候并不是一个具体数字，而是代表多的意思。三奸王这个人平常是奸曹鬼坏，对周边的老百姓没有一点好心眼，他看中的东西总是巧取豪夺，不弄到手是不罢休的。他的账房先生春节后领着自己的妻子和妹妹来给东家磕头拜年，他竟然把两个女人都留下来供自己淫乐。他平时还非常吝啬，建桥修路等善事那是一毛不拔。对邻里乡亲刻意盘剥，没有一点人味，坏名声远近都知道。秃尾巴老李对这个仗势欺人的大财主非常厌恶，但又慈悲为怀，打算让他出点财物，积德行善，减轻一些罪过。说不上能慢慢觉悟起来，回头是岸。可三奸王是个细作鬼，哪里会舍得两棵楸树啊。

三奸王振振有词地说："神仙更得讲理，你平白无故地凭什么就要我的两棵楸树，你说是为了让马皮接雨来为大家解除旱情，旱情既然是大家的，这两根扁担就得大家出，这么好的两棵树长大后，我能卖多少钱啊，你还想给我弄走，说什么也白搭，一点门儿也没有！"

秃尾巴老李沉吟了半天，脸色一冷，不客气地说："你要是不给我用，我就用雷霹雳了它，让它们变成烂麻秧儿！"

三奸王也下不来台了，只好硬对硬："你霹雳了它，我就到玉皇大帝那里告你，不把你告倒不算完。"

三奸王醒来后，想起秃尾巴老李在梦中和自己说过的话，他来到家前地里，用手摸摸这棵，再走过去抱抱那棵，越看这两棵楸树越舍不得。三奸王知道秃尾巴老李会说到做到，但你让三奸王把树白白拿出来，那是怎么也办不到的。

正在这时候，天上突然乌云四起，不一会儿就电闪雷鸣起来。乌云越来越低，闪电越来越近，大雨开始瓢泼一样下起来。三奸王早已跑回了家中，还心存侥幸呢。突然，眼前火光一闪，随即咔啦啦一声霹雳，他差一点被震倒。就是这个霹雳，把三奸王家两棵楸树劈成了一堆麻秸，一丝一毫树的影子也没有了。雨停下来以后，他来到家前地里，看到眼前的情景心疼不已。他知道这是李龙王干的，心里说，好你个李龙王，我不给树，你还真就把树劈了，我也真告你！

李龙王是个神，凡人告神怎么告啊？上县里去告他吧，县官管不了他；就是上府里去，府官也无可奈何啊。三奸王琢磨了半天，忽然想起一个点子，平时敬天时不是烧黄表纸吗？对！他李龙王是神，我就写黄表告他，于是把李龙王如何把他的树给劈了的事写在黄表纸上，在天地桌子前烧了。可是，过了多天还是没有动静，再写还是那样。原来，李龙王平时在整个山东政绩很突出，老百姓没有不拥护的，只要老百姓的庄稼旱了，他总是有求必应，即使是龙体欠安也在所不辞，因此他的名声上天皆知，传表的神也庇护他，认为就为了两棵树治李龙王的罪也太小题大作了，所以接了几次表也没有传给玉帝。

三奸王几次烧黄表告李龙王没见动静，他知道秃尾巴老李也不是好惹的，又怕招来更大的麻烦，想想因为两棵树不停地告状也没有什么意思，就打谱算了。于是，他随手将再次写好的黄表在油灯头上点着烧了。这一烧不要紧，黄表直接传到了灯火神手中，灯火神办事认真，也不太清楚李龙王的详细情况，于是接着就送到了玉皇大帝那里。玉皇大帝心想："你李龙王竟敢如此无礼，不但多次抗旨不办，又在人间如此欺人，这次必须给你个眼色瞧瞧！"于是，秃尾巴老李被拘天上，戴上笼头，脚上也戴上了镣子。后来他又打翻了南天门边的石香炉，闹腾得不亦乐乎。但他也没有什么大罪，也不好过分处置他，玉皇大帝就将他贬到黑龙江去拉倒了。

去黑龙江前，李龙王并没有忘了三奸王，他想我还得给他个点子瞧瞧。于是在一场大雨中将"三奸王"祖坟霹雳开来，将他爹妈的棺材掀出来冲入汶河，一直冲到临沂城东的泥沙滩，大头朝下小头朝上立在那里。棺材的大头是去世的人的头部，小头是脚部位置，头朝下的境况是很触目惊心的。过了一段时间又顺着沂河进入江苏，被冲到了大海边，还是大头朝下小头朝上立在了那里。从此"三奸王"再不敢吱声，恶行也有所收敛了。临沂到东海边的人也都见识了李龙王的能耐，他家乡的青龙寺香火越来越旺，成了远近闻名的一方寺庙。

（2018年9月28日上午）

马皮树威风

高 军

马皮是凡人，但他们都是秃尾巴老李选择抓来替他踏香火使雨的，这时候他们就具有了神性。使雨的时候手里提着一口大铁铡，坚持原则毫不懈怠，能尽职尽责体现李老爷的意志，尤其注重仪式的每一个环节，为李老爷树立威风。

每次祈雨都是在马牧池南村家前的青龙寺举行，男人们要光着头虔诚地在烈日下跪经，就是跪在地上听寺里的道士念经。

祈雨是非常神圣的一件事儿，是不允许女人到现场的。每次都是在家门前摆桌子，在桌子上放上一个罐子，里面插上柳枝，水缸里、磨眼里也都插上。女人出不了门，也就看不到整个求雨的过程了。有一次，一个年轻小媳妇忍不住好奇心，想偷偷摸摸地出来看热闹，可是她刚走到自己的大门楼子底下，就被马皮发现了。只见他左手一指，右手里的铡刀快速飞出，刀背对着大门楼子直接飞了过去，咔嚓嚓——哗啦啦——门楼子塌了下去。幸亏这个小媳妇看着铡刀飞过来，赶紧抽身往堂屋里跑，刚跑到院子中心，整个门口已经没有了此前的模样。过后花钱找人修理，费了很多事儿，还惹来了很多人的嗤笑，多年来在周围村都觉得抬不起头来。当然，这件事的更直接后果是，很多人见识了马皮的明察秋毫，执纪严明，更见识了李老爷的神通广大，树立起了李老爷说一不二的凛凛威风。

每次祈雨前好几天，参加跪经的人都得忌食葱韭薤蒜等荤腥之物，这个叫作净口，更需要严格遵守。可是有个叫姜二旺的人却不管这一套，不但没有忌口，跪经的时候还带着席角子。当地的席角子是用高粱秸破成的细篾编织而成，上面是尖顶，下面缝制上一圈也是用细篾编成的帽托子，正好可以把头顶套进去，能起到固定作用，会让席角子掉不下来。这种席角子雨天能挡雨，晴天能遮阳光，是一种最常用的物件。

姜二旺这样混入求雨的队伍，哪里能逃得过马皮的火眼金睛。马皮光着脚，用1只脚的大拇指站在太师椅背上，肩上扛着1把大铡刀，4个大男人抬着，旗排伞扇地排成队伍，在西南官庄、刘家城子、东南官庄、横河、马牧池这5个庄挨着转。这5个庄各家各户大门口都得插树枝，安桌子烧纸烧香，迎李老爷。若遇上大树枝挡路，马皮铡刀一挥，只听"咔嚓"一声，树枝应声而断。转回来的时候，马皮在大老远就看到了姜二旺的情况，他嘴里发出"呔"的一声，手中的铡刀已经快速飞了出去，只见一道白光忽闪一下，贴着姜二旺的头皮而过，他头上戴的席角子的尖顶已经落在了远处，一缕头发翻飞着四散开来，那把铡刀已经砍在了不远处的1棵大杨树上，正在颤动着，还发出嘶嘶棱棱的声音。姜二旺浑身出了一层冷汗，吓得头皮木木的，屁滚尿流，半天没有反应。过了半天，才发出一声"俺那娘哎，差一点毁了堆啊——"他拿下帽子，只见上部已经形成了一个齐刷刷的圆圈，这个席角子已经起不到遮阳挡雨的作用了，他赶紧扔到一边，跑到一个水缸前使劲漱口，想在这里继续跪经。但是，主持现场的管事人走过来，把他撵了出去："快走，快走，千万别在这里祸害了。"

还是这个姜二旺，过后表示痛改前非，再也不胡乱捣饬了，所以后来就又参加了跪经祈雨仪式。

不过还是俗话说得好，江山易改，本性难移。他知道忌口了，也不敢再戴席角子了，可是调皮捣蛋的脾气并没有改。这次一阵雨下完后，马皮问雨下够了没有，有人喊了一声："够了。"这个人的声音刚落，马上就见雨过天晴，那乌云向西飘去，天上太阳当头照了。可是姜二旺又发贱了，他从胳肢窝掏出一块土坷垃头说："李老爷，这雨还不够啊，你看这坷垃头还是干的呢！再下点吧，再下点吧。"马皮也把手伸进胳肢窝慢慢掏出一把东西来："你要这个啊？"姜二旺一看傻了眼，那是一把晶莹透亮的冰雹啊，他吓得磕头如捣蒜："李老爷，李老爷，这个可不行，这个只能下在山中啊。"姜二旺知道李老爷爱护当地百姓，不会下冰雹的，所以他就又大着胆子说话了："李老爷啊，这雨下得真不够啊，你想想天旱这么长时间，而你又只有下这么四指雨的权利，下这点雨只能解得了一时的旱情，又怎么能说够了呢！"马皮沉默了一会儿，缓缓说道："不要紧，下雨的云彩还没走远，我再让它回来下。"他把手中柔软的托子绳再次抛向空中，只见这条绳子笔直地钻入了天上，他慢慢向回拉着，只见那块向西飘去的乌云又被拽了回来，这次下的仍然是瓢泼大雨。一个时辰过去，马皮又问："够了吧？"姜二旺大声说："够了！"刹那间云开雾散。可是大家出了庙门一看，全傻眼了，只见院内雨水横流，院外却地皮未湿，原来大雨只下在了龙王庙院内。姜二旺一看吓得赶紧回去跪下谢罪，请求饶恕欺骗李龙王之罪。

马皮就是用这些办法，在这里树立了秃尾巴老李的绝对权威，让大家对李老爷口服心服。

（2018年9月28日下午）

李老爷听戏

高 军

　　每年九月七日，是马牧池逢骡马大会的日子，因为这是一次大香火，要连唱4天的大戏。初九这天是正台戏，由马皮替李老爷点戏，头两出戏"不用说，《岐山角》；不用问，《五雷阵》"。为什么点这两出戏呢？因为李老爷与赵公明不睦，看到赵公明的结局觉得解恨；看到孙膑最终胜利，觉得痛快。两出戏都有张有弛，是秃尾巴老李最喜欢听的。

　　《岐山角》又名《赵公明下山》《黑虎下山》《财神下山》等，写的是《封神演义》第46至49回的故事，写商、周岐山大战，闻仲败于姜尚，至峨眉山请赵公明相助。赵公明下山后，接连战败哪吒、杨戬、姜尚等。姜尚又请燃灯道人辅佐，阵前亦受挫。适有陆压仙周营献策，嘱姜尚在岐山角暗用穿心箭法术，使赵公明惨死。——至于赵被封为黑虎大仙——财神，那都是后来的事儿了。此剧，赵公明由副净应工，每次登场皆勾添脸谱，加上挂铜眼，吐獠牙，相貌殊异，表演花样繁多，很是热闹。《五雷阵》说的是战国时秦欲吞并六国，命王翦挂帅与燕孙膑战。王翦屡败于孙膑，王翦师海潮真人遣弟子毛贲往助，陷孙膑于五雷

117

阵中，孙膑险被害。孙膑师弟毛遂获悉师兄遇难前来搭救，遵孙膑之嘱，盗得王禅老祖九转还阳丹和老君太极图，乃破阵救孙膑。并击败王翦、毛贲。

马牧池家南的庙叫青龙寺，有两个殿，正殿供奉着玉皇大帝，西边是龙王殿。龙王殿是李老爷住的地方，也是老百姓降香求神祈雨的地方，那阵里这庙修得怪好哇！庙房顶上有八洞神仙、小龙头，重梁挂柱的，柱子上面画了两条大龙，金翅金翎的怪好看。庙里有李老爷的神像，有好几个道士念经，庙后的小桥是专为李老爷修的，老百姓上南庙也得走这个桥。为了叫李老爷看好戏，大家在庙外用秫秸箔围成大帐子，帐子里墩塑着李老爷黑红色的神像，看去是怪威人的。大戏在庙里的戏台上演，大家在台下看，李老爷在庙里用秫秸箔围成的大帐子里也看得津津有味。

大幕拉开，首先开演的是《五雷阵》，只见四龙套、四秦将同上，同站门，接着王翦走上来："（唱）得胜猫儿强似虎，败阵凤凰不如鸡。（白）俺、秦国大元帅王翦。不想中了孙膑诱兵之计，所带兵马伤了大半，为此今日整顿军兵，随带法宝'打神钢鞭'，与他一决雌雄——众将官，骂阵去者！……"

每年的这几天，马牧池集上那是人山人海，热闹非凡，戏台上下，人神同乐，一片欢乐祥和的气氛。

戏班是哪里来的呢？这就需要马牧池村及其周边几个村庄的老百姓凑钱去请，老年间当地百姓都不是很富裕，有时凑的钱并不是很多，所以有时候有的戏班并不去。

有几年界湖的戏班红火了起来，他们有多名响当当的演员，能演100多出戏。这个剧团名扬四方，在省内外不断演出，有时候排队都请不到呢。

连着几年，马牧池九月七日的山会一次次去请这个戏班来演出，可是由于戏班大了，架子也就大了起来，对去请的人态度很一般，竟然就是没来演出一次。

这个戏班是一个大户人家的。这家主人早期到新疆、青海以及内、外蒙古一带做贩马生意。经过5年打拼，生活发生了根本改变，家业逐步兴旺发达起来。先是置买田地13公顷（1300亩），并买了有房屋120余间的住宅。不久又买了房屋180余间，利用购买的房屋还开办起了杂货店、鞋铺、油坊、制丝店、酒店等商行，并养了这个规模较大的戏班子。

秃尾巴老李最喜欢听戏，所以越是请不来，村民们越是觉得对不住李老爷，越是更想请他们来唱一场大戏。

这年，这大户人家的庄稼地里开始遭受冰雹灾害，被砸了个稀巴烂。说来也奇怪了，周围其他家的都没有问题，单单就是这家出现了这种情况，很多人就开始传说这是因为他们的剧团不去为李老爷演出，惹得李老爷生气，所以用冰雹惩罚他家呢。并且这种情况连续出现了4年，这户人家可被冰雹砸惨了。

到了第五年的九月初七，这次根本没用去请，这个剧团自己来到了马牧池，第一天呈献上了《岐山角》《五雷阵》两场大戏，随后连续演了拿手的十几出戏，并且全部是免费的。

秃尾巴老李觉得很奇怪，往年请都请不到的怎么自己送上门来，他一查问，还真是马皮背着他去降冰雹，把人家的庄稼给砸了，看戏看得很高兴的李老爷心情一下子变坏了。这个从东海沿拘来的马皮一直很有数，这几年其他事情都做得很好，也深得他的信任，所以也就疏忽了。秃尾巴老李一直口碑很好，从来都是为百姓做好事，界湖这户人家一直也做了很多善事，这样是绝对不允许的。他把这个马皮捆起来，实行了严厉惩罚，此后永不再用他了。并且用每年的和风细雨，仔细滋润这户人家的庄稼地，不几年就把损失给找回来了。

后来，这个戏班还是照常来马牧池演出，《五雷阵》《岐山角》成了固定的保留剧目。你听那唱腔真是字正腔圆呢："可恨孙膑诱兵计，杀得豪杰胆魂飞。随带法宝把阵对，不灭燕邦誓不回……""三霄哭公明，文王哭伯夷考，散宜生又哭邓九公，黄飞虎渑池丧了命……"

（2018年9月28日夜）

李老爷显灵

高　军

有一段时间，秃尾巴老李负责山东的事务。他整天东奔西跑，忙着查看旱情，哪里旱了就到哪里去下雨。他光忙外地的事就够操心的了，所以家乡的行云施雨就交给自己的代理人马皮来帮忙。马皮本来是个凡人，一旦被李老爷选中可就变得不平凡了。

东海边上有一个人正在坡里干活，突然听到有人叫他，就不知不觉地跟着跑，在路上鞋子跑毁，就赤着脚继续跑，跨山越岭过河，一直跑到马牧池。这个时候，他脚指盖都磨掉了，竟然还浑然不觉。村子里的人突然看到一个人躺倒在马牧池龙王庙后酣然大睡，抬头看看天上的赤赤炎日，低头看看龟裂的大地，突然省悟到这几天周围各村的老百姓正在准备向李龙王求雨，这是李龙王拘来的马皮啊。

看到李老爷抓的马皮都已经到了，大家加快了准备的步伐，当天就一切准备停当了。

恰巧第二天是马牧池逢大集，大家用辇杆抬上马皮。马皮先开口喝道："那押手来！"押手是他行规矩的工具，就是他手里提着大铁铡。这时候，有人将早已准备好的铡刀递到他手上，大家开始在西南官庄、刘家城子、东南官庄、横河、马牧池这5个庄挨着转，转完后就到横河以北的五里桥子去接雨。马皮手中拿着一根柔软的托子绳，仔细观察着天上的情况。不一会儿，只见由北飘来一块镶着白边的黑云，只见马皮将麻绳抛向黑云，一面撒一面说"来雨"，这叫用绳子拴雨。绳子就越升越高，最后笔直地树立起来，停在那里不再动了。马皮试探着拉了拉绳子，觉得黑云已被牢牢拴住了，就喊了声"回坛"！大家抬着他赶紧往回跑，一边跑着就见云彩越来越厚，不一霎儿的工夫，大雨点子就从天上开始落下了。

回到马牧池集边时，只见满街都是商贩们撑起的遮阳布篷，前边开路的齐声喊"扯篷"！于是大家赶忙解篷绳。马皮一看一时不能通过，就随手用铡刀向前一指，只见满街篷绳齐刷刷地断了。

到了庙里，马皮登坛落座，这时天上电闪雷鸣，乌云翻滚，雨水哗哗而下，各地香主和求雨者皆跪在台下，不住叩头。

可是，雨下了一阵，就停住不下了。这次旱情严重，李老爷只有下四指雨的权力，所以旱情并不能得到根本缓解。

马皮踏香火使雨是代表李老爷办事的，雨下得不够不但老百姓跺脚，他当然也着急。所以他从座位上起身，要到玉皇殿玉皇大帝那里求情。从出来龙王殿就一步一磕头，虔诚地向玉皇大帝致敬。可是他一到大殿门口，马上就一溜倒翻身退了回来，就好似遇到了强有力的磁场一样，根本进不了大门，更别说能见到玉皇大帝了。这是怎么回事儿呢？因为给玉皇大帝把门的是赵公明，李老爷和赵公明有矛盾，所以李老爷喜欢看捉拿赵公明的戏

《岐山角》。《岐山角》开始赵公明也胜了几场，但毕竟最后失败了，甚至连命也搭上了。虽说现在也成了神仙，但毕竟那是一段不光彩的历史啊。你秃尾巴老李整天拿着这个寻开心，你想想赵公明心里是什么滋味？而赵公明也就整天嘚瑟秃尾巴老李如何赖在他娘的肚子里3年不出来，他娘如何被他吓个半死，他的秃尾巴是怎么被他爹用门给挤掉的等等。两个人矛盾越积越深，所以就出现了使绊子的情况。但这次是为了解决家乡百姓的吃饭问题，代表李老爷的马皮就再次从远处一步一磕头地向玉皇殿而来，但还是刚到大殿门口，又倒翻着身子出来了。赵公明再厉害，也搁不住李老爷的韧性不懈。再加上这个时候赵公明已经成了财神爷，逢年过节的也是被老百姓敬奉着，享受着人间的香火。如果老百姓丰衣足食了，自己的香火也丰厚。如果粮食歉收，老百姓连饭也吃不饱，他的香火肯定会很寒碜。所以当马皮第六次磕着响头跪行到门口的时候，赵公明放他进去了。俗话说事不过三，因为两个人积怨太深，赵公明会多难为他几次。两个人都心知肚明，所以赵公明阻拦，马皮坚持不懈，最后李老爷的想法能实现。

马皮进到玉皇殿重整衣裳，再次神情肃穆地虔诚跪拜，向玉皇大帝申明心意。这种情况下，玉皇大帝也会悲悯人间，答应他的请求。

得到允许后，马皮再次调回乌云，一时间雨就又回来了，直下得对面不见人，足足下了两个多时辰，龙王庙东的青龙桥一连被淹没了3次，真是满坡流水，沟满河平。

这种情况被四乡赶集的老百姓亲眼看到，都说远听是虚，眼见为实，都说马牧池有真龙王一点不假。这个传说一直流传到东海边和河南、河北、江苏等地。大家只要一见到镶着白边的乌云，就知道一定是李龙王的雨来了。

（2018年10月4日）

李老爷留茶皮

高　军

这次咱们说说祈雨中李老爷留茶皮的传说——

先说茶皮是什么，茶皮就是喝茶的茶碗。

每次祈雨都是由马牧池隋、杨二家主持，祈雨很重视仪式感、敬畏感，譬如不让女性到现场，如果有女的在那里会"扑"了，祈雨就不灵了。有人觉得这是歧视妇女，其实男的有些事情也不行。有一个从界湖到坦埠贩卖旱烟的，把烟寄存在了马牧池一户人家。坦埠的旱烟号称"坦埠绺子"，品质优异，远近闻名。他认为放在这里，以后可以只身从界湖过来，拿上就可以在这里、在岸堤以及周边的一些集市上出卖，能省很多事儿。也是巧了，正碰上这里祈雨，当时赤日炎炎，天气大旱，顶着烈日走在路上那可真够受的。他戴着一个席角子遮挡阳光，可是这天刚走到马牧池附近，就被四处巡逻的几个人截住，把他头上的席角子拿下来，就给扔到几近干涸的水汪里。因为祈雨的时候，都得光着脑袋，表示虔诚。还有一个东口（属烟台）往这里贩卖鱼和盐的，在祈雨期间，戴着席角子，在不远处一个小沟里拉屎，马皮的铡刀一下子撇过去，席角子上边的尖顶就被齐刷刷削掉。他不但被吓出一身冷汗，连没有拉完的大便也解不下来了。

这年九月初七马牧池山会的时候，又是大旱时节，于是又得祈雨。九月初六李老爷就去临沂的一个戏班抓马皮，戏班里的一个戏子突然靠在一根柱子上，不见绳子但却被无形的绳子捆住了。李老爷名声大，他抓马皮的事儿几乎家喻户晓，所以戏班子里的人稍微一愣神，立刻就明白了，都说这是李老爷显灵，那得赶紧去。这么一说，靠在柱子上半天不动的那个戏子就能活动了，他立刻跑起来，不一会儿就不见了踪影。大家都知道，他这是去马牧池了。于是大家也赶紧打软包袱，准备去马牧池演大戏。为什么打软包袱呢？因为来不及装戏箱就得出发，所以各人把自己的戏服和道具用个小包袱一包就开路，当天晚上也必须赶到马牧池。

唱戏的走得慢，被李老爷抓的马皮跑得快，他在不知不觉中飞跑着往马牧池南庙赶去，到的时候手指甲盖和脚指甲盖都已经磨掉了，脚底板更是都磨破了，弄得血乎拉的。来到后，就躺在了村子里的土地庙前，和死了一样。大家一见，就明白这是李老爷抓来的马皮，得赶紧准备祈雨。当辇杆准备好的时候，马皮立刻醒过来，光着脚一下子跳上去。

戏班赶过来，就在庙前的平地里开始唱戏，不用说，不用问，头两出戏必定是《岐山角》《五雷阵》。唱完这两出戏以后，戏班子爱唱什么就唱什么了，再也不会有人过问。但如果不先唱《岐山角》《五雷阵》，那是绝对不行的。戏场上人来人往，连续多天，谁家地里都种的是麦子，但也只能让人尽情践踏，凉水热水也尽管往地下泼。可是说来也奇怪，越是这样，第二年麦子越会大丰收。

　　祈雨开始，当地老百姓先是抬着李老爷的塑像到地里验青苗。此前要到马牧池、横河、西北官庄、东南官庄、西南官庄等5大庄一起凑钱，扎上龙棚。当时刘家城子的三少是个大户，不够的钱就由马牧池隋、杨两家的主持到他那里化缘，欠缺的部分都是由他补齐。验青苗完毕，李老爷塑像回到龙棚里。然后，4个青壮年用辇杆抬着1个太师椅，马皮光着脚站在两边的扶手上，向横河北边的五里桥子而去，不一会儿就见他用"担三绳子"（又细又软又结实的麻绳）牵着一块云彩越来越近，越近越大。这时候在庙里跪经的人们开始大声喊道："粗风暴雨俺不要，干箩细雨要四厘！"

　　马皮回坛后已经很疲惫了，这时候需要补充水分。主事的会倒上1碗茶水，从远处向在坛上的马皮撒去，马皮能准确用嘴衔住，这时候大家一定要喊："李老爷留茶皮！李老爷留茶皮！"代表李老爷的马皮就会将碗中的茶水喝干，嘴一张，茶碗会离开他，再次慢慢飞回来，让主事者伸手接住。如果不这样做，不这样喊，马皮会喝完水后用嘴将茶碗咬得稀碎吃到肚子里去。

　　马牧池南庙里的白果树在1947年被砍掉的时候，已经7个人手拉手环绕着都抱不过来了，在一个树杈上都能坐上4个人从容地看牌。当时大门在东南方向，墙东有很多通石碑。再远一点就是著名的青云桥，桥上有精美装饰的桥栏杆，桥下是宽阔的流水，三篷三桅的大船能从桥下自如穿过……

（2018年10月14日）

二铁匠与钱山子

梁少华

距马牧池牛王庙东北9千米处，有一个不大的山头，它有一个美丽动听的名字，叫"钱山子"。这里也时常会引来一些慕名游山的人，他们出于好奇，常常东瞅瞅，西瞧瞧，但怎么看也寻不出个名堂来。可村里老人们却说："你们别小瞧，这个小山头还真有一段离奇的传说呢！"

在钱山子后边有一个小村庄，原名"朱家庄"。现属马牧池乡管辖下的一个自然村，后更名"朱家坡"。这村有朱姓、耿姓、王姓和张姓人家。可别小看这村子，在这里，咱先说一说二铁匠与钱山子的传说吧。

相传，明代中期的一个春天，朱家里庄有位姓朱的铁匠，兄弟排行老二，人称"二铁匠"，夫妻以打铁为业，火里求财，天天走村串巷游乡做活，为农家打制各种农具，深受百姓欢迎。往日，每到一村，就支起风箱，把铁锤、铁砧、夹钳、磨石、水盆等一应家什儿摆放好，拿铁锤在大铁砧子上敲打几下，村里人便知道铁匠来了。往往很快就有人送来活了，这时，二铁匠就麻利地点起炉火，接着锤舞砧响，叮当有声，忙个不停起来。

可是，有一天就怪了。本是开春时节，修犁钢镢，钉耙打铁，理应活儿多。二铁匠夫妻从沙山到拔麻，走前沟过后沟，一个板儿也没挣着。平日里，给人家做了活，缺钱的户还会给一些干粮，今日里赶了个小集，什么也没捞着，饿得饥肠辘辘。丈夫担一铁匠挑子，气喘吁吁，走不了几里就放下；妻子拾起担子挑一阵，走不了几步就放下。只好歇会儿再走，一直到天快黑的时候两人才走到钱山子，可这离家还有几十里地呢。过度劳累的夫妻俩相视苦笑，一腚坐到了地上，起不来了。二铁匠心里那个烦劲就甭提多难受了：打铁本是一门苦营生，今又没了生意。家里老的少的还等吃的，怎么办呢？妻子呢干脆坐在地上合手祷告起来，祈求祖师爷太上老君庇护，以求炉火旺盛，生意兴隆。

突然，路边灌木丛中传来"丁零当啷"的响声，二铁匠赶紧爬了起来，蹲下一瞧，一石窟窿正向外淌金钱。这可真是神了！一天没开张，开张一大筐，二铁匠心里那个喜劲就甭提了，遂装了一铁匠担子，为防止他人发现，就用一石头把往外淌金钱的孔儿堵了起来。第二天，二铁匠夫妻再下乡，回家的路上又到钱山子装了些金钱。这样一来，小日子很快过得红火起来。再后来，村里人白天就见不到二铁匠夫妻了，这也不奇怪，因为大家都知道他下乡有干不完的活儿。

二铁匠夫妻心地善良，于是时常拿些钱救济那些吃不上饭的人们。大伙儿高兴地说："铁匠哥嫂是好人，不光帮着干了活，还拿钱接济大家。"

有人说："钱山子是座神山。"虽谁也没见着过哪路神仙。但那云蒸霞蔚，花香四溢，风光秀丽的景致，确实让人留恋。直到有一天，朱铁匠带着老婆孩子来到钱山子，在山后旺选择了个地方，在此安了家，遂取村名"朱家庄"。日后，憨厚老实的二铁匠下乡，常有东家端来茶，西家送来饭，更有天天都干不完的活。日久天长，再加上二铁匠人缘好，来投靠的亲朋好友就多了起来，朱家庄也就渐渐地成了一个村庄。

二铁匠夫妻为感谢祖师爷的恩情，和村民一道，在村边修建了一座寺庙。庙的西南角上建了一通用三四千斤青石刻成的雕龙碑，由巨龟驮着，碑身近3米高，上面刻着庙名"金钱寺"。后来庙里香火日盛，渐渐发展到庙里有100来个和尚，善庙地一直延伸到东坪村，足足有400多亩。自此，村民们安居乐业，生活富足。

如果您不信，现在还可以去村前的钱山子上找找，那风化的大石块里仍夹着一块块金光闪闪的金属块呢。

母子"马子石"

梁少华

　　相传玉皇大帝的六女儿下凡人间，游玩至马牧池北大山附近，见一道山梁上有北斗七星落地，周边山色幽美，贪恋美景就不想回天宫了。于是，落轿在此形成了皇姑山。在山的南北两侧各1里多的地方，分别立有1巨石，高约3米，人称南石将军、北石将军。传说这是玉皇大帝心疼她的女儿派来保护皇姑的。

　　距皇姑山东北方向1500米处，有一座山峰。平坦开阔的山顶处，就叫八亩地。此处遍地野花，山林里还生长着多种草药，树下的蘑菇，飞蹦的蚂蚱，常让皇姑流连，这里正是皇姑游玩的后花园。

　　北将军是皇姑到八亩地游玩时的贴身护卫，站立在八亩地的西山崖下。

　　因此处周边水草肥美，拔麻村的小羊倌，喜欢赶着一群山羊来周边吃草。有一天，羊倌赶着羊群，从北将军身旁经过，竟毫无迹象地丢了1只羊。第二天，第三天……接二连三，每天从这里经过都会少1只羊，怎么找也找不着。羊倌想这就奇怪了啊。后来遇一鹤发童颜老汉儿点化，才知北将军爱吃羊肉，在此支了口羊肉锅。羊倌丢了羊很心疼，可又没办法与石将军理论，就生气地拣起一个大石块瞄着北石将军的头扔了去，一下把石将军的帽子打掉了；又扔一大石块，竟砸掉了北石将军的头。

谁知，这条龙脉正供着当时吴地的伍子胥。北石将军的头一掉不要紧，伍子胥的人头也顷刻落了地。

原来，伍子胥，楚国人。父兄均为楚平王所杀，后来子胥奔向吴国，助吴伐楚，五战而入楚都郢城。当时楚平王已死，子胥掘墓鞭尸300，以报杀父兄之仇。吴王阖庐死后，儿子夫差继位，吴军士气高昂，百战百胜，越国大败，越王勾践请和，夫差答应了。子胥建议彻底消灭越国，但是夫差不听，因吴国大臣受越国贿赂，谗言陷害子胥，结果夫差相信了，并赐伍子胥宝剑要其去死。子胥本为忠良，视死如归，拔剑自刎，人头落地。

北石将军的战马，一直跟随其右，因没有了主人约束，有时耐不住寂寞，也会漫山溜达闲游。

在鸡子山脚下有匹母马，是当年秦始皇赶山时赶来的。当时它正在山里吃草，因没来得及躲闪，被昏头晕脑地赶了来，落在了鸡子山脚下。

8月，正是牧草丰美的时候，母马在这里或憩息或奔驰，蓝天绿野，衬出它的骁勇矫健的雄姿，为人所喜爱。

北石将军的神马呢，通体乌黑，油光放亮，身体高大，体形匀称，粗壮结实，雄健剽悍，背长腰细，鬃毛飘逸，宝石般澄清的眼睛，四肢关节筋腱发育壮实。此马，可以追风赶日。

神马遇见母马后，很是兴奋。一来二往，两匹马日渐亲近至耳鬓厮磨，后孕育了一群小马驹。

历史走到今天，巨型母马仍卧在山下，虽年久风化，但马眼仍清晰可见，神似，形像，身边的小山石是她生的小马驹。神马不知何处去，只留下一段不朽的神话在人间传说。

暗河里的金扁嘴

梁少华

　　马牧池董家庄村北约1千米处，有一上一下两块相叠而立的巨石，千年未动，人们习惯上都叫它"摞石"。说起摞石，还引出一段神奇的传说。

　　相传，最初的董家庄村地势相对较低。从高处看，庄周边是河，河水直冲而来。村子处在水的包围中，是出了名的"南稻洼"。

　　村子里有户人家，有两个儿子。老两口省吃俭用给大儿子小河娶了房媳妇，谁知这小河自从成了家，就像变了个人似的，看爹爹不顺，看娘娘碍眼，家中的弟弟还小，越是拿他当出气筒。后来爹娘死了，老大一心想甩掉老二，于是就提出来分家。老大说自己拖家带口不容易，父母留下的几亩薄地，1头耕牛，1只母羊归他。1个破筐头子，1只刚断奶的小羊羔归老二小山。

　　面对无情的兄嫂，小山伤心地挎上破筐头子，抱起小羊羔，头也不回地离开了家。

　　最先，小山露宿在村东的山坡上。后来，天天捡拾碎石，看着差不多时，就动手垒起了一座小石屋。石屋虽不大，可夜晚自己和小羊羔住在里面，足可以避风雨了。

春天，小山在山前开了片荒地，种上豆子，把积攒的羊粪当底肥，到了秋天收了很多黄豆。

于是，小山用从父母那里学来的手艺，起五更睡半夜地做起了豆腐。白天担着豆腐挑子走街串巷，后边跟着欢蹦乱跳的小羊。

有一天，小山打柴回来，小羊跟在左右。走着走着，小山脚下一滑，背上的柴草晃了晃，身子打了个趔趄。小羊也跟着停了下来。奇怪的是，小羊对着地面不停地"咩咩"，两只前蹄又翻腾又扒拉，不肯向前。小山凑近一看，咦，地面上出了个盆口大的小洞，洞里有蓝莹莹的水映着天上的流云。小山正高兴着看呢，忽然，清亮的水上闪出一道金光来。接着，冒出来两只金扁嘴，仰着头，两双小眼看着小山。突然开口说话了："小山，小山，我来送你金蛋蛋，用来给你添衣衫。""小山，小山，我来送你金蛋蛋，用来给你置房产。"说着跳出水面，在地上各生了一只金鸭蛋。还没等小山回过神来，两只金扁嘴就大摇大摆地下了水，一晃不见了。

从此以后，小山照样天天卖豆腐，卖了钱还时常周济穷人。

俗话说树大招风，有一天小河在村头乘凉，听见过路人说金扁嘴的事。他心里一激灵，原来小山发了外财，怪不得他平地起高房，野外置田地，还添了两头耕牛呢！

金扁嘴下金蛋蛋的事传到小河耳朵后，小河心里就痒痒死了。于是去找弟弟。见了小山就说："咱是亲兄弟，你如今过上了好日子，可我和你嫂子还受穷，你帮我们富起来吧。你有什么发财的门路就对哥说说，哥也好去弄点钱花花。"

　　小山是个实诚人，听哥说了两句好话，心就软了。一五一十地把得金蛋蛋的情景对哥说了。小河一听，坏了。于是，回家后夫妻俩也学着小山的样子，小河从山坡上背着一捆柴火下山，在小山说的洞口处故意跌了个趔趄。妻子把怀里的小羊放地下狠狠地踢了一脚，弄得小羊不停地"咩咩"叫。咦，忽的眼前还真出了个洞口，接着金光一闪，晃得小河夫妻不敢睁眼。很快闪出了两只金扁嘴。小河生怕金扁嘴跑掉，赶紧伸手去抓。忽然，晴天起闷雷，小河霎时化成一块巨石立在了洞口。妻子急忙用双手去扑金扁嘴，也"噗"一声冒了白烟，化了石头，牢牢地压在了巨石上，自此，两个大石块永远地摞在了一起。

　　听村里人说，前些年黑天们还有人看见个高大的黑影，在摞石那晃动，像是小河的影子。老人说，如今大摞石的底部东面空着，下面压着的正是一条暗河，能一直通到东海，那两只憨态可掬的金扁嘴，至今还在水里面住着呢。

小狐仙送来熟鸡蛋

梁少华

马牧池董家庄村的西河套，生长着一棵北方罕见的黄楂子树。它结的果实比普通的山楂略小，但颜色却不同于山楂的深红，是金黄色的。树的主干一搂抱围不过来，蜿蜒向上伸展，顶部虬状的枝杈，几乎呈水平向外伸展，虽然树形高大，但因为长相优雅，却宛如盆景一般耐看。说起这棵黄楂树，还引出了一段神奇的故事呢。

很久以前，董家庄南岭上，住着户人家。主人的名字叫玉业，为人厚道，虽日子过得精穷，可他常会拿深山采来的蘑菇，地里的稀罕出产，接济左邻右居。谁家老人生病，谁家添了娃娃，他总是想法从牙缝里省着攒些鸡蛋去探望。

家里的几只鸡，也在他的伺候下，天天生蛋。是名副其实的当地人说的靠"鸡腚眼子换钱"的人家。玉业家的鸡生的蛋，钱虽换不来多少，但常能换些油盐酱醋的，凑合着过日子。所以一家人对这几只鸡很看重。

夜晚的一场雪，还在不紧不慢地下着，玉业缩在床上，窗棂纸被风撕扯着哗啦哗啦地响，雪映得屋里也比往常亮多了。玉业

137

正划算着年景呢：村边低洼处的麦子明年一定能多打几斗。忽然，传来了鸡"嘎哟嘎哟"的惨叫，这声音划破了山村夜的寂静。他鞋都没顾得穿，披上棉袄，抄起门后的扁担就开了门。石院墙上一只皮狐正叼着鸡的脖子，想跳墙逃跑。玉业抡起的扁担一下打中了皮狐的后腰，"扑通"一声，连狐带鸡跌下了墙，小皮狐被捉住了。玉业提起一看，小皮狐双眼里露着惊恐，黄色的身子正瑟瑟发抖如筛糠，他手一颤，心一软，把小皮狐放了。

日子如流水，从此，玉业家的鸡平安无事。

有一天，玉业又去鸡窝拾鸡蛋，他一看鸡蛋一大堆，很高兴：今天的鸡都这么勤利啊！

接连几天下来，玉业又发现了蹊跷：这几天屋里盛鸡蛋的筐子的鸡蛋不光数目多了，而且有些鸡蛋不管从外形还是到蛋皮的颜色看，都不像自家鸡生的蛋。

又是一个月夜，他趴在窗户后往外看，半夜，玉业听着了动静，他揉了揉眼，没错，看清了，墙外走进一个半拃高的小矮人，背个小黄口袋，能装三两个鸡蛋的样子，一蹦跳进了院，顺着房屋猫道钻进了屋，跳到鸡蛋筐子边翘起脚跟一个一个往外倒鸡蛋，倒完就走，这小人儿一会儿一趟，一会儿一趟……

小皮狐，小皮狐！

玉业念叨着，小矮人又蹦跳着出屋走了。

紧接的几天，小村庄里不安稳了，从来没发生的怪事接二连三：东邻鸡生蛋的窝里鸡天天趴窝，就是不见鸡蛋。西邻家鸡蛋筐子的鸡蛋又不见了……

玉业忽念一闪：莫不成像小时候听说的皮挞狐子送财来了。他一下想到了自家这些天多出的鸡蛋。可这怎么说呢，万一邻里误会，咋弄？

这天漆黑的夜里，玉业家房门半开，他就躲在屋里等。终于，小矮人又出现了，一蹦跳上了缸顶的鸡蛋筐子……

玉业趁机关紧了屋门，在门侧低矮处的猫道外边张上了大口袋。

小矮人未察觉异常，还像来时从门侧猫道里外出，一头撞进了大口袋，玉业一紧袋口，小矮人在里边又蹦又跳着急外逃。他忙把袋子放下跑出家门喊邻居，想当着大家的面解释个清楚。

也许怨袋口扎得太紧了，也许怨小矮人着急乱窜，等喊来邻居们时，小矮人已变回原形。敞开看时，里面只剩了一条直僵僵的金黄狐狸。

人们凑近看那堆多出的鸡蛋，东邻说从形状上看这几只是他家大黄鸡下的；西邻说那几只从蛋皮看像他家芦花鸡下的。

细心的东邻磕破一个一看，没想到鸡蛋还是熟的。

又磕破一个看，也是熟的……

这消息一下在村里传开了。都说玉业家放生的那只小皮狐，就是老人们传说中的皮挞狐子精，是来报恩的。看玉业家日子过得紧巴，自己鸡生的蛋又从来不舍得吃，才给送来了熟鸡蛋。

玉业对着早已僵硬的狐狸，心痛不已，后悔自己太大意，惹急了让它丢了性命。于是就悄悄地把金黄狐狸用布包裹，埋在了西边自家的地头上。谁料，来年春天，就在土堆旁边冒出了棵小黄楂子树芽，后来越长越旺，越来越粗。这棵黄楂子树一直生长在村西河套边，每到秋天，树上挂满金黄的小果实，一嘟噜，一串串，晶莹如琥珀，似玛瑙，像眼睛，守望着这片古老的土地。

　　直到20世纪80年代，因河道改造，这棵大树才被砍伐。至今，村里老人们还会在茶余饭后，坐在巷子口，抽上一袋旱烟，津津乐道这小狐仙报答不杀之恩的美好传说呢。

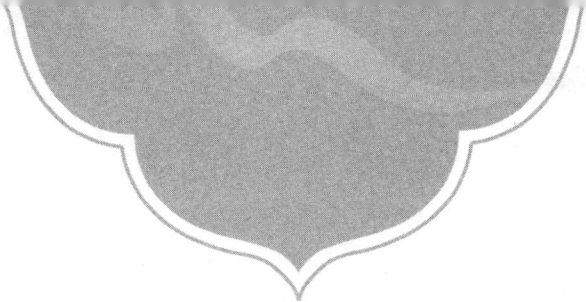

第五辑

红荷包

高 军

　　白白的太阳向孟良崮山后坠去。枣花坐在院子里做着针线活，鼻子里不时钻进一丝丝青麦子棵发出的味道。她正在用大红布做一只小巧的香荷包，里面包着的艾蒿的清香气息很好闻。这两种味道交织在一起，让枣花有些陶醉了。

　　"枣花，做针线？"村里的妇女队长来了，"哟，有啦？"

　　她急得脸都红了："哎呀嫂子，没呢。"

　　结婚才4个多月就怀了孩子，要是承认了，那还不羞死人。尽管嘴上不认账，但枣花心里可甜丝丝的。

　　"那你给谁缝的香荷包？"妇女队长不依不饶地还在问。

　　枣花笑笑，赶忙打断妇女队长的话："是不是来了任务？国民党的队伍刚过去，咱们的队伍也已过去了一些。男人都出了夫，肯定咱们妇女有任务了。要干什么，你就快说吧。"

　　妇女队长犹豫了一阵子，才说："是啊，今天晚上要从河里过咱的队伍。上级来信，叫赶快架桥。去架桥，得摘着门板。再说了，晚上河里水还很冷呀。你说实话，你到底能去不能去？"

　　"能！"她很干脆，把正缝着的红荷包往大襟褂子的怀里一揣，跑到门口把新门板摘下，扛在肩上，就跟着妇女队长往外走去。

村里的妇女们急匆匆地很快集合到了河边。枣花看到，河水正缓缓地向东流着。妇女队扑通一声跳下去，从水里一步一步走到对岸，深的地方能没到胸口，最浅的地方也淹到腰部。妇女队长回来，爬上岸说："架桥来不及了，咱们扛着门板让队伍过吧。"

时间一点点地过去。枣花坐在人群中，感到天气越来越冷了。突然，控制不住地哆嗦了几下。农历四月的夜晚，还是冷得刺骨。枣花不自觉地摸出还没完工的香荷包，放到鼻子下面嗅嗅，心里感到甜蜜蜜的，天气好像就冷得不那么厉害了。

乡俗说，给孩子缝个香荷包，能驱蛇、蝎、蜈蚣、壁虎、蟾蜍这五毒，她就抽空给刚怀上不久的孩子准备了小衣服，又开始缝制这香荷包了。

"咱们的队伍来了，快扛上门板，下水。"

随着妇女队长的一声命令，枣花她们快速跳进了河里，用肩膀扛着门板，迅速地从河这边排到了河对岸，一座桥眨眼间就在水面上形成了。

与此同时，队伍也到了河边。枣花从一跳到河里，就感到凉气直刺入骨头。她打了个寒噤，然后稳稳地站住。队伍已开始跑步从她们肩头的门板上过河，枣花使劲挺了挺腰杆。门板上经过的人有时重一些有时轻一些，她的脚开始逐渐向沙里沉去。脚边的沙子被水慢慢冲着，一点点流走。河水好像越来越大，从枣花胸口没到了脖子。恰好在这时，队伍过完了。

枣花她们拖着疲惫的身子爬上河岸，就都在地下躺倒了。

枣花喘着粗气,眯着眼,艰难地笑笑说:"一些小鱼还咬我的脚脖子呢。"

回到家里后,枣花感到腰仍像要裂开了一样,钻心地疼。她强忍着,先从怀里掏出香荷包。一看,早泡透了。

在床上躺了一会儿,天就亮了。这时,枪炮声猛烈地响起来。她起来一看,周围的山头上都开火了。

枣花不顾打仗的事,重新开始缝新的香荷包。到晌午的时候,才终于缝好了。她长长地出了一口气,脸上也透出微笑。可是,这时她的肚子又慢慢疼起来。疼厉害了,她就在床上翻打滚儿,后来,就小产了。

从那以后,枣花就再也不怀孩子了,几年后,丈夫离开了她。一辈子,她没再嫁人。自己干着农活,养活着自己。

枣花每天总是拿出自己缝制的香荷包,用手轻轻地抚摸着,直直地盯着看。此时,她的眼里总是一片茫然,人也好像痴了一般。

看到她这个样子,妇女队长多次说:"枣花,是我害了你。"

她闭着眼睛,使劲地来回摇头:"不是为了打孟良崮吗?"

54年后一天,枣花在孟良崮山下的一个小山村去世。

人们为她操办丧事时,发现她的手里还紧紧地攥着一个崭新的红荷包——那是她去世前精心缝制的第54个红荷包。

包　子

高　军

　　雪还在不住地下着，远远近近连成白茫茫的一片，路已很难踩准确了，李大爷的身子这边一歪那边一歪地向前走着。山越来越高，树木也多了一些，树枝、树叶被白雪覆盖着，挨着地面的部分还呈现着原来的颜色，让一片白色的世界多了些色彩和层次感，看起来，会感到舒服一些。"悠儿——悠儿——"山中的风更大了，树上的雪向下落着，空中飘舞的雪花向他的头上脸上飘过来，有的落入脖子里，往衣服里钻。他向左手哈一口气，把右手里的包袱倒一下手，再将已经有些麻木的右手放在嘴前哈一口气。

　　李大爷家在横河村。昨天晚上，他和老伴盘算了大半天，明天就是大年初一了，不知前些天住在他们家的那几个革命同志在北大山里怎么过年，最后两人决定，今天一早给同志们送包子去。这不，一大早李大爷就冒着风雪进山了。

　　说是包子，其实是不准确的，准确的说法应该是水饺。在沂蒙山区的很多地方，都是这种叫法。像"过年吃包子"，"今下午吃的包子"等，都是指下到开水里煮熟的水饺，而不是用蒸笼蒸出来的大包子。那时候，这里蒸的大包子是地瓜粉的，也不叫大包子，而是叫烫面。方言就是这么神奇，理解后会觉得很有意思。

家里很穷，再加上日伪军最近一直在不断地"扫荡"，就算是有什么好东西也早被他们搜刮干净了。机关都转移到北大山里，部队在外线与敌人周旋，伺机寻找战机消灭敌人。李大爷和老伴合计了大半个晚上，最后扫扫缸底，汇集起两斤左右的黑荞麦面。

一大早，先起来举行"发纸马"，这是沂蒙山区新年第一天最重要的节日活动，表示对天地神祇和列祖列宗的感恩，期盼新的一年生活美满。举行完这一节俗仪式后，赶紧倒上热水，就着咸菜疙瘩艰难地吞吃了两个掺子煎饼。家中没有一点肉，村里有做豆腐的，年前他们赊了一块，剁上一些白菜，开始包荞麦面包子的时候，李大娘还强作笑颜地说："素馅好，让同志们吃了，一年中素素净净的。"李大爷没接话，只是重重地叹了一口气。

包子从开水锅里捞出来后，简单摊晾一下，就赶紧装在一个黑瓦盆里，上面盖上小盖子，用干净的包袱把四个角系起来，李大爷提起来就冒着风雪往山里走去。

地上的雪越来越厚，李大爷步子也越迈越小，拔出这条腿尽力往前甩去，可是后面还陷落在雪中的另一条腿很难拔出来跟上去，这样步子就怎么也迈不大了。他心里焦急，大过年的怎么也得让同志们吃上热乎乎的包子啊。李大爷的喘气声越来越急促，身上出了一层汗，脸和手已不是刚出来时那么冷了。

走在山中，落雪声簌簌的，树上偶尔也会有一坨积雪"扑腾"一下掉下来，这些声音让四周显得更加寂静。

他直奔牛角洞，平时拾柴火放牛羊多次去过那里，李大爷很熟悉这个洞的位置。同志们住在家里的时候，几次听到那位小巧的女同志玉华说起这个洞，说那是一个藏人的理想之地，山下的情况能一目了然，也便于自身掩护和转移。越往上，山坡越陡峭，有些地方需要踩着石头才能过去，可石头上的雪被脚一踩就会变硬变光滑，必须像蜻蜓点水一样一触即过，不然整个人就可能会滑下去，走了半天又会滑到原来的地方。好在李大爷有丰富的经验，这些地方对他来说还是相对比较好走的。快要到洞口时，他踩的一块石头滑动起来，在他就要倒地的一刹那间，马上想出办法护住包袱以及里面的瓦盆，把包袱尽量举在额前，身体快速滑了下去，好在前面一块大石头挡住了他，停了下来，他的脸被树枝拉了几道口子，左肘火辣辣地疼，也不知哪个伤口向外渗出血点，他疼得嘴里"吸溜吸溜"的，看到包袱和瓦盆没有事儿，脸上露出了笑容。

"谁？"洞中发现来人又往前走，拉动着枪栓喝问起来。

李大爷已经听出了是谁，就大声喊着："刘主任，是我啊，我来给同志们送包子！"

同志们认出了是李大爷，纷纷跑出山洞将他扶起，拉进了洞里。有为他打扑身上落雪的，也有要为他涂抹包扎伤口的。他使劲挣脱着说："别别别，你们赶紧吃包子，要不就凉透了。"

同志们说："李大爷，你过来一起吃吧。"

他使劲地摆手："不不不，大过年的，俺在家里吃过了，吃了两大海碗呢。"

大家围在一起，敞开包袱，用从树上折下的树枝当筷子，夹着盆中的包子，放到嘴中一咬，"咯嘣"一声，原来，包子已经冻住了，哪里还有一丝热乎气。

"都怪俺，都怪俺，走得太慢……"李大爷看到这种情况，不断自责着。

玉华走过来，笑呵呵地说："李大爷，这是我吃到的最好吃的饺子……包子了！"

同志们听了，附和着说："是啊，是啊。"不一会儿，包子就被全部消灭光了。

后来，这些同志分散到四方，一旦碰面谈起在沂蒙山的工作和战斗时，都会说起李大爷的荞麦面包子，回来看望老房东的时候，开口总是说："永远忘不了您1941年春节送的那顿包子，那包子真好吃啊。"

二杆子

高　军

通过接触，王亚楠最憷头的是那个外号叫"二杆子"的李光山。

队伍上派女教师王亚楠来负责村里的教学工作。抗战了，八路军来了，抗日小学办起来，庄户学也办起来。王亚楠人长得漂亮，又一心扑在工作上，很受大家欢迎。李光山却是个例外。

村外的塔子山奇形怪状，好像是由一层层倾斜的薄薄石板摞起来的，这些石板很容易被磨平，光滑的面上可以写字画画，还能写了擦、擦了写，方便又节约。那个时候，纸张很紧张，大家就到小山上捡石板，用来当纸，在上面写写画画。村里学生用的石板，都是在这座小山上拾来的。

往石板上写字用的炭笔，是村里一个叫李光山的人制作的。

给李光山起"二杆子"这个外号，是因为他会制作炭笔杆，还会制作取火用的麻秆。两种杆子他都会制作，又加上脾气倔强，好认死理不回头，被人宠着还爱出风头，所以"二杆子"这个双关语外号，就叫开了。

他会把沤过后扒了皮的麻秆用清水清洗干净，再通过腌制晒干做成火煤子出售。过去人们大多用火镰从火石上擦出火星取火，这些火星飞到干燥的火煤子上就会燃烧起来。

学校里学生多，用炭笔就多，李光山用更多的精力忙碌着制作炭笔。他制作的炭笔粗细均匀，长短基本一致。更主要的是，炭笔没有裂痕，耐用，所以很受欢迎。

村里有些人舍不得花钱去买，总觉得就是用木头烧出来的黑炭，实在不值得花钱，有的人家就用自家火炉里取出的炭块往石板上写。但由于是炭块，又加上有的并没有烧透，和李光山制作的炭笔没法比。有的学生因为买不起炭笔，就辍学了。

王亚楠看到这种情况很着急，决定上门拜访李光山，想从他那里学来制作技术，用业余时间制作炭笔免费供给学生用。来到李光山门前，她轻轻喊道："喂，老李在家吗？"

一个漂亮女老师的一举一动都会引起村里人注意，喊声过后，便有三三两两的人尾随过来。

过了好一大会儿，李光山才扑打着衣服的前襟走出来，说："嗨嗨，是王老师啊，贵客登门，不知有何贵干？"

王亚楠觉得这样的事不适合站在门外谈，就商量道："咱们还是进院子里说吧。"

李光山说："有什么事儿尽管在这里说就是，又没有什么怕的！"

周围的几个人看到他这种二杆子模样，起哄般笑起来。虽然这些人没有什么恶意，但王亚楠还是脸红了。

王亚楠沉默了一下，调整好心态，讲了抗日的道理，讲了识字学文化的重要性，然后话题一转，和李光山商量起来："有些孩子买不起炭笔上不起学，我想拜你为师学做炭笔，免费发给学生使用。"

李光山一直耷拉着眼皮听，什么反应也没有。听王老师说出这个要求的时候，不为人觉察地哆嗦了一下，然后，继续耷拉着眼皮保持沉默。他拒绝王老师和大家伙儿进院子的原因，是他正在烧制一批炭笔，他怕被人学会烧制的方法。要是有人学会了，他就不吃香了。

"教会徒弟，饿死师傅啊。"看热闹的人起哄道。

王亚楠是一个认准了一件事，就想干成的人，她继续给李光山做工作，讲一切均为抗日的道理，讲抗日小学和庄户学的重要性。

李光山是个光棍儿，和寡母一起过日子，家里很穷。幸亏这些学校的开办，才让他勉强填饱肚子。可如果把这点手艺交出去，自己就可能吃不上饭了。他的眉头皱起来，心里反复掂量着，觉得还是不能答应王老师，就推托说："师傅传的手艺，都是有规矩的，再说现在的价钱，已经很低很低了……"

他说的这些，王亚楠都知道，她仔细考虑了一下，觉得自己是有点唐突，于是客气地和他道别。

但她还是想办成这件事儿，后来又去找过李光山几次，但都碰了软钉子。

不久后，在一次日本鬼子"扫荡"中，李光山恰巧外出卖那两种杆子去了，王亚楠为照顾他那跑得太慢的老母亲，牺牲在了村后那片野地里。

"反扫荡"结束后，村子里很多地方又写上了抗日的标语，很多都是用炭笔书写在白墙或黄泥土墙上的。

这天，李光山提着一个铁筲桶和装满木头段的麻袋来到村里的抗日小学。学校新来了一个男老师，他请求老师把制作炭笔的办法在这里演示一下，让更多的孩子学会这一手艺，好好学习，好好刷标语，打跑鬼子，为王亚楠老师报仇。

这个老师知道事情的前因后果，于是就默许了李光山的这一请求。他在铁桶里竖着放满已经截好的小木棍，盖上一个有小孔的盖子，用黄泥封好，只留一个小眼儿透气，然后把铁桶架在3块石头上，在下面点上火。开始，小眼儿会往外冒烟，慢慢地，烟越来越小，最后，一点烟也没有了，他就停止烧火，等彻底凉了，再打开筲桶，炭笔就制成了。

李光山泪流满面地对着前方大声吼道："王老师啊，俺要烧制炭笔全都免费给你的学生娃，还要教会他们做炭笔，俺对不起你啊！"

随着他撕心裂肺的喊声，老师和学生们都来到院子里，向着王老师牺牲的方向望去。

过后，村里人说起这件事儿，就会感叹道："这个二杆子啊……"